이미
좋은 일은
시작되고 있어

시간의
—
위
로

일러두기

—

작가 고유의 글맛을 살리기 위해 일부 표기와 맞춤법은 작가 스타일을
따랐습니다.

시간의 — 위로

견뎌내면 오더라
결국 좋은 날이

서은 지음

지식인하우스

보통, 혹은 보통 이하 사람의
보통의 위로일지라도

마치 처음 사춘기를 겪는 아이처럼 2024년을 보냈습니다. 잡히지 않는 마음을 다잡으며, 보이지 않는 마음을 다독이며 한 해를 보냈습니다.

2022년 여름 〈계절의 위로〉를 시작으로, 2023년 가을 〈문장의 위로〉에 이어, 2024년 겨울 〈시간의 위로〉까지 3년 동안 감히 위로의 문장을 쓰면서 자문하고 자문했습니다.

'도대체 내가 뭐기에, 함부로 "위로"라는 단어를 연거푸 쓰는 걸까? 내게 그런 자격이 있을까?'

2020년 코로나19 펜데믹으로 전 세계가 절망하고 있었을 때, 이탈리아 두오모 성당 광장에 성악가 안드레아 보첼리가 홀로 섰습니다. 관중은 없었지만 "어메이징 그레이스 (Amazing grace)"를 노래합니다. 사람들이 북적였을 성당 광장에 성악가의 희망의 미성만이 울려 퍼졌습니다. 2024년 저는 이 영상을 자주 돌려보았습니다. 10대 때 불의의 사고로 시력을 완전히 잃은 안드레아 보첼리의 음악을 들으면 어느 날부터인가 진실되게 행복하고 싶었습니다.

하지만 언젠가부터 "행복"의 의미를 보통의 것들에게서 찾게 됩니다. 아침에 일어나 사랑하는 사람과 인사를 나누고, 햇빛 속을 걸으며 마음을 들여다보고, 그 생각을 글로 적을 수 있음을 감사하며 문득 행복함을 느끼기도 합니다. 저는 사실 위로를 건넬 자격이 부족한 사람입니다. 보통, 혹은 보통 이하의 사람입니다. 그럼에도 위로의 마음을 쓰는 이유는 단 하나, 제 글의 모든 페이지가 인생 반성문이기 때문입니다. 어느 날은 부족한 저를 살리기 위해 썼고, 또 다른 날은 부족한 제 삶을 일으키기 위해 썼습니다.

분명 부족한 마음입니다. 분명 부족한 인생입니다. 그럼에도 처음에는 계절 속에서, 다음에는 문장 속에서, 지금은 시간 속에서 위로의 마음을 배우고 있습니다. 3년, 1,095일이라는 시간에게 배운 것이 있습니다.

"결국 반드시 지나간다.
지나가는 것은 시간이지만,
그렇게 지나가고 나면 시간은 알려주지.

진정한 것은 결국 남고,
거짓인 것은 반드시 사라진다."

정말 그랬습니다. 진정한 것은 어떤 형태로든 남아 있고, 거짓인 것은 아무리 애를 써도 사라졌습니다. 자기합리화일 수 있겠지만 시간이 알려준 그 인생 공식을 제 인생에 대입시키자고 다짐했습니다. 저는 저의 부족함을 진정(眞正)한 것으로 만들기로 마음먹었습니다. 분명 부족하지만 그것을 받아들이고 인정하면서 어제보다는 조금 더 나은 사람이, 오늘보다는 조금 더 괜찮은 사람이 되어 보자 마음먹었습니다.

저처럼 부족한 사람도 위로의 마음을 쓸 수 있으니, 독자 여러분은 더 선한 마음으로 인생을 더 멋지게 써내려갈 수 있을 거라 믿습니다.

귀한 마음으로 시간을 보내고,
선한 마음으로 사람을 대하며,
인생을 완성할 거라 믿습니다.

독자 여러분, 정말 감사합니다. 부족한 사람의 글을 읽어 주셔서 감사하고, 위로의 마음을 나눌 수 있게 되어 영광입니다. 특별히 제 인스타그램으로 찾아와 다정한 마음을 나눠주시는 독자 여러분과 오랜 시간 저를 응원해 주신 독자분들께 정말 감사드립니다.

부족한 마음이지만 제 글을 읽어 주시는 분들을 위해 늘 기도하겠습니다. 아프지 말고, 아프더라도 포기하지 말고 살아 주세요. 언젠가 반가운 마음으로 "덕분에 잘 지내고 있다"는 인사를 나눌 수 있는 날이 오기를 고대하겠습니다.

1

月

1월에는,

새로운 시간 안에서,

외롭더라도 자유롭자.

부지런하게 희망하자.

우아하게 용기내자.

완벽하게 행복하자.

마음껏 만끽하자.

미국의 철학자이자 하버드 교수였던 윌리엄 제임스(1842-
1910)는 말했다. "행동이 반드시 행복을 가져다주지는 않겠
지만 행동 없는 행복이란 없다."

태도를 바꾸면
삶도 달라질 수 있다

시간에 갇혀 아무것도 할 수 없었다. '시간'이라는 변명 안에는 나이가 있었고, 행복만을 탐닉하는 일상의 우선순위가 있었으며, 경직되고 삐뚤어진 삶의 태도가 있었다. 언제나, 늘, 항상 그 무엇도 아닌 나 자신에게 문제가 있다는 것을 너무도 잘 알았지만 그럼에도 변화하고 행동하며 실천하지 않았다.

"말만 많고 행동하지 않는 사람은 잡초만 무성한 정원과 같다."

딱 나를 닮은 문장을 발견했다. 정말 딱 내 모습 그대로를 표현한 문장이었다. 하지만 더 큰 문제는 잡초가 무성하다는 것을 알지만 딱히 손을 쓸 에너지가 없었고, 그 에너지를 모으는 방법이 점점 어려웠다.

입버릇처럼 '시간'이 모든 것을 해결해 줄 거라 믿었다. 어느 정도 나이가 들면, 많은 것들이 안정을 찾고 달라진 나를 만나게 될 줄 알았다. 하지만 시간이 지나도 해결되지 않는 것은 많았고 도리어 나빠지는 것들만 잔뜩 늘었다. 그럼에도 어떻게든 살아내고 견뎌내려면, 에너지를 만들어야 했다.

삶은 자주 '악착같음'을 주문했고, 그만큼 강해지라고 채근했다. 그렇게 더 자주 내게 견뎌낸다는 것에 대해 묻고 또 물었다. 지난 시간 위에 스스로 내린 물음의 결론은,

견뎌낸다는 것은,
시간을 이겨내는 것이 아니라
스스로를 이겨내야 하는 것이었다.

삶을 바꾸고 싶다면, 가장 먼저 나를 바꿔야 했고, 나를 바꾸려면 태도를 바꿔야 했으며, 내 삶을 채우는 시간을 바꿔야 했다. 크게 바꾸고 싶은 마음이 간절할수록 작고 사소하고 단순한 것들부터 바꿔나가야 했다. 그리고 지금 내가 꿈꾸고 바라는 행복의 조건이, 타인의 욕망을 담아내고 있는 건 아닌지를 생각해야 했다. 정말 나 자신이 가고 싶은 삶의 기준을 제대로 찾아야 했고 삶의 우선순위를 제대로 정해야 했다.

물론 다시 또 다른 시행착오를 겪게 될지도 모른다. 하지만 적어도 이제는 과거 안의 모습을 곱씹으며 후회와 자책을 하지는 않게 됐다. '오늘'을 살게 됐고, 아주 조금씩이지만 돌아나 채워지는 에너지로 내일의 나를 제대로 만들 수 있을 거

라는 자신감을 얻었다.

다시 시간 안에서 위로를 받으며,
시간 안에서 배운 것이 있다면,
시간은 결국 위로로 남는다.

02

행동 없는
행복은 없다.

행복을
발견한다는 것

항상 실망스러운 일이었다. 많은 것을 포기하고, 죽을 힘을 다해 노력해도 그 결과가 바로 좋은 결과로 이어지지는 않을 때가 많았다. 하지만 삶이 늘고 늘어 인생이 깊어질수록 확실해지는 것이 있었다. 지금 당장의 노력이 결과로 이어지지 않더라도 노력은 반드시 빛으로 태어나게 된다는 걸 이제는 감히 알게 된 나이가 되었다.

마흔 넘어 시간에게 배운 것이 있다면, 실망은 행동하지 않는 사람의 몫이라는 것. 실패하더라도 노력을 반복해야 한다는 것. 노력을 바탕으로 때를 기다려야 한다는 것. 그것이 행복을 발견하는 과정이라는 것.

살면서 절대 잊지 말아야 한다.
실망하지 마라. 실망은 아직 이르다.
아직 당신의 때가 오지 않았을 뿐이다.

노력은
언젠가 반드시
빛으로 태어난다.

03

간절한 만큼 변화해야 하고
절실한 만큼 행동해야 하며
필요한 만큼 노력해야 한다.

건강이 사람을
바꾼다

바꿔야 했다. 몸도 마음도. 몇 년 전 큰 수술을 하고도 시간이 지나자 모든 것이 작심삼일로 끝나는 경우가 허다했다. 마음은 다시 간절함을 잊었고, 몸도 다시 나빠지는 데에는 많은 시간이 걸리지 않았다. 하나, 둘 다시 건강에 적신호가 켜졌다. 40대에 들어서서 의사에게 가장 많이 듣게 되는 말 중에 하나가 "운이 좋은 케이스"라는 말. 물론 결과적으로는 나쁘지 않은 말이었으나 언제까지 운에만 기대어 살 수는 없었다.

간절하게 바꾸고 싶었지만 무엇부터 바꿔야 할지 몰랐다. 방법을 모르니 무엇을 해도 좋아지지 않았고 마음까지 지쳐갔다. 삶은 권태로웠고 글과 일에 대한 의욕도 나날이 시들해졌다. 종이 한 장의 무게보다도 가볍게 시간을 보냈다.

정말 바꿔야겠다 생각하게 된 계기가 있었다. 하루가 다르게 몸이 불어나면서 몸무게가 70kg에 육박했다. 몸무게도 몸무게였지만 더 속상했던 건, 야식을 즐기거나 폭식을 하지 않고 나름 식단에 신경도 쓰고, 운동도 주기적으로 하는데도 몸무게가 조금씩 늘어간다는 것이었다. 정말 심각한 사실은, 몸 이곳저곳이 고장이 나고 있었다는 것이다. 살기 위해서라면 달라져야만 했다. 그것은 선택의 문제가 아니었다. 생존의 문제였다.

오랜 궁리 끝에 먼저 식단을 바꾸기로 마음먹었다. 식단에 대한 이야기는 따로 하겠지만 우선 가장 좋아하는 밀가루와 거리두기를 선택했다. 식단을 바꾸고 새로운 운동을 시작해야 했다. 수영을 오랜 기간 하고 있는데도 도통 체력이 좋아지지 않았기에 선택했던 것은 근력 운동과 런닝이었다.

운동은 늘 그랬지만 살면서 달릴 일은 내 인생에서 절대 없을 줄 알았다. 런닝을 하면서 여러 가지를 알게 됐지만 특히 삶에 대한 시선이 달라졌다. 인생은 절대 단언할 수 없는 영역이었으며 스스로의 한계를 정해두는 것만큼 어리석은 일은 없다는 것.

런닝을 하게 되면서 길 위만을 뛰게 된 것이 아니다. 새로운 도전으로 40년 넘게 발견하지 못했던 새로운 나를 발견하게 만들어 주었다. 그리고 어쩌면 간절하게 바라는 많은 것들을 스스로 이뤄나갈 수 있을 거라는 묘한 자신감이 생겼다. 부끄럽지만 살면서 처음 느껴보는 확신이었다.

지난날에 대한 후회와 불안과 부족함을 채워 나갈 수 있다는 확신이 들었다. 그 확신은 그 어떤 것보다 귀했다. 그 무엇과도 바꿀 수 없는 값진 것이었다. 언젠가 다시 인생 어딘가에서 주저앉아 포기하고 싶을 때마다 떠올리게 될 부표였다.

어쩌면 나는 길 위를 뛰는 것이 아니라
내 마음속 어둠을 들여다보고
그 자리에 빛을 주고 있는 중일지도.

어쩌면 나는 길 위를 뛰는 것이 아니라
내 슬픔의 자리를 들여다보고
자리를 찾아주고 있는 중일지도 모른다.

04

삶의 기적은
아주 사소한 것에서부터
시작될 때가 많다.

49:51
루틴 찾기

어두컴컴한 어둠 속에 앉아 빛이 찾아오기를 기다렸다. 자기 연민과 비하와 의심과 비교가 난무하던 시간. 매일의 시간은 무거웠고 미루고 어기게 되는 것은 늘었으며 상처를 주고받고 멀어지는 것은 다반사였다. 마음은 돌덩이처럼 굳어갔고 몸은 돌덩이를 매달고 사는 것처럼 무거웠다.

달라지고 싶었고 달라져야만 했다. 하지만 달라지고 싶다는 생각이 마음을 강하게 두드리면 두드릴수록 할 수 없다는 생각도 비례해 커졌다. 하루가 다르게 무거워지는 마음의 돌덩이를 안고 어둠 속으로 깊이 깊이 잠겨가는 기분이 들었다. 어느 날은 그것을 '슬럼프'라고 했고, 또 어떤 날은 그것을 '우울'이라 느꼈으며, 다른 날은 그것을 '진짜 나'라고 정의했다.

그런 날은 눈물조차 나오지 않았고, 숨 한 번 제대로 쉴 수가 없었다. 입에서 나오는 것은 죄다 까칠한 부정의 말과 한숨뿐이었다. 나약과 미룸과 슬픔과 연민이 습관이 되어 마음을 집어삼키려 할 때, 아주 작은 조각으로 쪼개져 있던 2%의 마음이 말을 걸었다.

'할 수 있어.'

아주 작은 목소리였다. 그 작은 목소리가 어떻게 용기를 냈는지는 알 수 없었지만 점점 깊은 울림이 되어 갔다. '그래, 할 수 있어. 정말 작은 것부터 시작해 보자.' 가장 먼저 도전한 것은 제대로 잠자는 것부터였다. 평소보다 1시간 일찍 침대에 들어 스마트폰에서 탈출하기를 선택했다. 생각보다 쉽지 않았다. 온갖 잡념들이 잠을 방해했고, 스마트폰 속 세상이 끊임없이 유혹했다.

도저히 성공할 수 없는 미션이었다. 하지만 생각을 조금 달리하기로 했다. '오늘 잠을 자지 못하면 내일 밤은 조금 수월하게 잠들 수 있을 거야.' 그 마음이 뭐라고, 마음을 조금 달리하자 부담감이 사라지고 편안한 마음으로 밤을 지낼 수 있었다. 어려운 밤을 보낸 다음 날은 커피를 멀리하게 됐고, 운동에 조금 더 공을 들였다. 그 모든 것이 편안하게 잠들기 위해 선택한 방법이었다.

생각해 보면 정말 작은 것이었다. 그 이후로 선택의 기로에 섰을 때 이렇게 생각하기로 했다. 마음을 둘로 쪼개보기로 한 것이다. 그리고 딱 2%의 마음이 더 기우는 쪽으로 가보기로 했다. '49'의 마음은 대체적으로 지금 당장 즐거움을 쫓는 생각이었고, '51'의 마음은 지금 당장은 아니어도 조금 멀리 생각해 보면 더 나은 선택으로 기우는 마음일 때가 많았다.

마음속 투표장은 늘 분주했지만 그 기준으로 내 삶을 돌아보니 많은 것이 달라졌다. 식사 후 커피 한 잔이 사라졌고, 생각보다 자주 운동하며 건강을 챙겼으며, 입이 즐거운 음식보다 몸을 생각하는 식단을 따르게 됐다. 상처를 받으며 둘이 되는 것보다 상처 없이 혼자가 되는 쪽을 선택하는 날이 늘었고 아무것도 하지 않고 걱정하는 것보다 용기 있게 도전하는 시간이 늘었다.

그랬다. 2%의 마음이 나를 살렸다. 아주 작은 그 목소리가, 아주 사소한 매일의 선택이, 단순한 일상의 습관이 삶에 조금씩 에너지를 불어넣었다. 오늘도 많은 마음의 갈래들이 선택을 하고 삶을 만들어 간다. 어쩌면 오늘의 선택이 내일 다시 후회로 남을지도 모르겠다. 하지만 마음은 기억할 것이다. 무너진 마음을 어떻게 다시 일으켜 세웠는지. 그리고 반드시 그 용기를 무너지는 순간마다 기억하게 될 것이다. 그러니 잊지 말자.

아주 작은 소리라도 마음의 소리에 귀기울여야 한다. 그것이 '할 수 있다'일 수도 있고, '행복하고 싶어'일 수도 있으며, '살고 싶어'일 수도 있다. 작디작지만 용기 있는 마음의 소리가 결국 미래의 나를 만든다.

오늘 누군가의 행복을 소망하는 일에
인색해지지 말아야 하는 이유,
행복은 사람을 닮아간다.

행복은
사람과 닮았다

곁에 행복한 사람이 많았으면 좋겠다.
곁에 건강한 사람이 많았으면 좋겠다.

하지만 그 행복과 건강의 의미가 반드시 현재형은 아니다. 오늘 아무리 아프더라도 다시 웃을 수 있고, 누군가를 위해 활짝 웃어줄 수 있는 사람이 곁에 있으면 좋겠다는 말이다. 행복은 누군가로부터 반사되는 빛이라 생각하기 때문이다. 행복은 사람과 닮았다. 행복한 사람은 건강하다. 아니 최소한 나 자신을 위해, 건강한 삶을 살기 위해 노력하는 사람이다.

오늘 내가 누군가를 위해 행복을 소망하면, 그 소망은 반드시 반사되어 돌아온다 믿는다. 그리고 그렇게 내 곁의 사람들이 행복해지면 행복해질수록 내게 반사되는 빛 역시 강렬해지고 찬란해질 거라 믿는다.

오늘 누군가의 행복을 위해 소망하는 일에 인색해지지 말자. 행복은 분명 나와 내 시간과 내 사람들을 닮아가는 것일 테니.

걷고 싶은 길이 생겼다.
읽고 싶은 책이 생겼다.
쓰고 싶은 문장이 생겼다.
듣고 싶은 음악이 생겼다.
보고 싶은 영화가 생겼다.
마음이 가는 사람이 생겼다.
기도하고 싶은 마음이 생겼다.

삶은
에너지다

지금의 내 시간을 계절로 굳이 비유하자면, 여름이 끝나가는 가을의 시작쯤이랄까. 이제는 너무 뜨겁지도, 그렇다고 너무 차갑지도 않은 계절. 딱 그 계절의 온도 안에서 살고 있는 기분이다. 20대에는 헐벗은 내 모습을 알게 되면서 현실 안에서 싸워야 했고, 30대는 그 헐벗음 위로 조금의 허세와 오만함을 쌓여갔으며, 40대의 지금은 그 허세와 오만함만큼 많은 것을 잃어야 했다. 어느 날은 많은 것을 잃어버렸다는 자책감과 아쉬움과 후회로 번뇌하기도 하지만 또 어떤 날은 잃어버린 것은 처음부터 내 것이 아니었음을 인정하며 반성하고 스스로 용서하며 처음의 마음을 기억하려 애를 쓴다.

인생은 반성문을 쓰면서 다시 시작되기도 한다.

인생의 반성문을 쓰기 시작하면서 알게 됐다. '삶을 지탱해 나가는 것은 에너지구나. 그리고 나에겐 삶을 바르게 이끌 에너지가 없구나.' 성공하는 삶은 아닐지라도 성장하는 삶이 되기 위해서는 반드시 남다른 삶의 에너지가 필요하다.

타인과 내 삶이 달라지는 지점에는 항상 '끈기'가 필요했고, 그 끈기에는 에너지가 필요했다. '건강이 좋지 않다', '나름의 최선을 다했다', '행운이 따르지 않는다' 수많은 핑계로 애써 현실을 외면했지만 사실은 끈기와 에너지가 부족한 것이었다. 솔직히 고백하자면 요즘 내 일상의 대부분은 '보여주기식'이거나 더 적나라하게 말하면 대놓고 '보여주는 식'의 삶에 매료되었다.

소위 말해 '도파민'에 중독되었음을 인정해야 했다. 가벼운 예로 수북하게 책을 챙기며 하루의 마무리를 책으로 하리라 다짐하고 퇴근해도 늘 유튜브 영상을 보며 밤을 보냈다. 삶의 채움 방식이야 다양하겠으나 내게는 맞지 않은 방법이었다. 틀린 것이 방식이라기보다 내 거짓된 행동이라는 것을 알기까지 꽤 오랜 시간이 걸렸다. 그리고 정확히 문제를 알게 됐다.

언젠가부터 읽고 싶은 책이 없어졌다. 쓰고 싶은 문장이, 기도하고 싶은 마음이, 듣고 싶은 음악이, 보고 싶은 영화가, 가고 싶은 나라가, 마음이 가는 사람이 없어졌다.

삶이든 사람이든 마음이든 건강해지려면 멈추지 않고 흘러가야 한다. 아무리 맑은 물이라도 한곳에 오래 머물러 고이면 썩어가듯 마음도, 삶도 그러하다. 그런 관점에서 보면 내 삶은 썩어가고 있었다. 삶에 대한 의지와 기운이 없다 생각했지만 사실은 그 기운을 충전할 온전한 방법을 찾지 못했던 것이었다.

"사람은 마흔이 되면 자신의 얼굴에 책임을 져야 한다."

에이브러햄 링컨

자신의 얼굴에 책임을 져야 하는 나이가 됐다. 40대를 살아가며 이제서야 계절 문턱에 앉아 남은 시간을 멋지게 그려보고 싶어졌다. 그리고 거짓 없이 나 자신에게 다짐한다. 자주 혼란스럽고 흔들리고 무너지는 삶이겠지만 그럼에도 진솔한 모습으로 유쾌하게 살아남기 위해 삶의 에너지를 채우는 나만의 리스트를 채워 나가기로. 많은 것들과 싸워나가야 하겠지만 그럼에도 제대로 채워 나가겠다고 약속했다.

어제보다 오늘이 더 나아지기를

어제보다 오늘이 더 새로워지기를.

삶이 더
특별해지는 순간

연은 역풍일 때
더 높이 난다고 한다.
삶도 그러한 듯하다.

살면서도 원치 않은 바람을 마주하게 되는 날이 많다.
하지만 언젠가부터 바람을 안고 나아가는 것이
기분 좋을 때가 있다는 걸 알고 말았다.
삶이 특별해진다는 순간이 아닐까?
잘못된 선택과 관계를 두려워하지 않고
나아가다 보면 더 특별한 존재가 될 수 있지 않을까?

살면서 점점 간절해진다.
나이에 맞게 살아가되
더 열정적으로 살아가자고.
그것이 잘못된 선택이라도.
때로는 잘못된 관계가 되더라도.

그것을 바르게 바라보고 받아들이면서
용감하게 새로워지자는 마음이 더 간절해진다.

슬픔의 깊이를 결정하는 것은,
슬픔의 크기나 무게가 아니라
그것을 받아들이는 사람의 몫이다.

이제는 슬픔이 찾아오면
도리어 마음껏 슬퍼하기로 했다.
다만 슬픔 때문에 다치진 말자고 다짐했다.

고개를 들어
슬픔을 확인할 때
삶도 자리를 찾아간다.

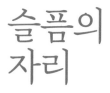

슬픔의
자리

09

슬픔을 이해하지 못하는 사람보다는
슬픔을 사랑하는 사람이 되고 싶다.

슬픔 아래의 그늘과
슬픔 아래의 눈물과
슬픔 아래의 사람을

사랑하는 사람이 되고 싶다.

어제 때문에 슬퍼하지 말고,

오늘 때문에 아파하지 말고,

내일 때문에 불안하지 말자.

생각보다 자주 슬퍼했고, 아파했으며, 불안했다.

하지만 정말 스르르 삶에 힘을 빼자

기적처럼 삶이 내게 다시 미소 지어 주었다.

슬픔에도
태도가 있다

10

사람을 선하게 대하되,
되돌아오는 마음이 선하지 못하면
제때 버리고 제대로 끊어내야 한다.

삶의 '기술'이라 하면
낯설지만

조금씩 어른이 되면서

덜 상처받는다고 여겨지는

나름의 방법을 터득하게 됐다.

아니 그렇게 생각하고 믿게 됐다.

어쩌면 잘못된 방법일지도 모르겠다.

하지만 더 이상 사람을 포기하고 싶지가 않았다.

사람이 사람을 포기해 버리는 것만큼

아프고 아린 일도 없었다.

하지만 나를 지킬 수 없는

관계가 더 아프고 슬펐다.

결국 나만의 관계 원칙을 세워야 했다.

사람을 귀하게 생각하되

사람만을 그리워하지 않기로 했다.

사람을 선하게 대하되,

되돌아오는 마음이 선하지 못하면

제때 버리고 제대로 끊어내기로 했다.

"행동이 생각을 만든다"

탈무드

2

月

2월,

기억할 것은 단 하나

온전하게 행복하자!

인연을 귀하게 여기지만
떠나는 사람을 굳이 잡지 말고
내 곁의 사람에게 정성을 다하자.

시절
인연

좋은 사람을 만나
좋은 마음을 나누며
좋은 친구가 되는 것이
얼마나 어려운지 이제는 안다.

어떤 사람을 만나든지
귀한 인연이라 생각한다.
설령 아픈 인연이라 해도.

다만 이제는 좋은 사람에게
더 진심을 다하고 싶을 뿐이다.

건강할 때 사랑하고
건강할 때 감사하고
건강할 때 기도하자.

건강할 때
해야 하는 것들

살면서 점점 안개가 잔뜩 낀 길을 헤매고 있는 기분이 드는 날이 많아졌다. 그럴 때면 자주 찾게 됐던 성당에서도 마음을 잡지 못했다. 언젠가부터 주말 미사를 가는 것도 기계적으로 바뀌어 버렸다. 그렇게 차가워진 마음으로 참석한 미사에서 주교님을 만났다. 이유를 알 수 없는 눈물이 났다. 하염없이 이유없이 눈물이 났다. 마음속으로는 끊임없이 외쳤다.

'제 마음이 보이시나요? 저는 제 마음조차 보이지 않습니다.'

잠시 후 주교님이 강론을 이어가셨고 한 문장이 답을 해왔다.

"건강할 때 기도하십시오."

그 한 문장에 눈물이 멈췄다. 스스로 부끄러웠기 때문이다. 안개 낀 길 위에서 희미한 등불을 만난 기분이었다. 그 등불도 언젠가 꺼지겠지만 모나고 차가운 못난 마음이 찾아오면 이 문구로 마음을 자주 밝힐 것 같았다.

아픔이 사랑인 것도 모르고,
아픔을 원망했다. 나를 원망했다.
사람을 원망했다. 삶을 원망했다.

결국 아픔이
사람을 만든다

만약 아픔이 없었다면 더 행복했을까?

오히려 더 망가지지 않았을까?
오히려 더 모나지지 않았을까?

아픔으로 많은 것을 잃었다고 생각했는데
아니었다. 잃는 것에는 끝이 없었다.

자포자기였을까?
아픔이 감사로 다가왔다.
이상한 말이지만
그렇게 잃고 잃을수록
새로운 내가 보였다.

결국
그 아픔 덕분에 삶을 바로잡게 되었다.
그 슬픔 덕분에 사람을 비우게 되었다.
그 상실 덕분에 나를 사랑하게 되었다.

결국 아픔은 나를 다시 살게 했다.

사랑하게 했다. 사람이게 했다.

그러니 아픔을 끌어안고 있는 그대여,
이제는 아픔을 등에 업고서라도 일어나라.
그리고 매일 조금씩이라도 앞으로 나아가라.
아주 조금씩이라도 괜찮다.

아팠던 만큼 더 건강해졌을 테니.
놓쳤던 만큼 더 용감해졌을 테니.
멈췄던 만큼 더 간절해졌을 테니.
잃었던 만큼 더 소중해졌을 테니.
비웠던 만큼 더 행복해졌을 테니.

04

인생을 바꾸고 싶다면 오늘을 바꿔야 하고,
오늘을 바꾸고 싶다면 자신을 바꿔야 하고,
자신을 바꾸고 싶다면 마음을 바꿔야 한다.

아픔 속에서
꼭 챙겨야 할 것들

매일 인생을, 오늘을, 자신을 바꾸자는 다짐이기도 했지만, 그 다짐이 고스란히 행동 부정이 되어 버리기도 했다. 자신과 시간과 다짐 앞에서 얼마나 많은 약속을 어겼는지 모른다. 얼마나 많은 선택을 잘못했는지 모른다. 그렇게 다짐하고, 어기고, 잘못된 선택이 이어져 많은 것을 잃고서야 알게 됐다. 더 늦기 전에 해야 할 건, 마음속 깊은 곳에 만들어 둔 고해소의 문을 열고 나와 행동해야 할 때라는 것.

'아프지 마. 울지 마. 실망하지 마.
이제 그만 나를 좀 믿어 주자. 제발.'

그리고 답한다.
'알아. 이젠 더 이상 아프지 않을게.'

그렇게 다시 다짐을 글로 완성한다.

힘든 날, 나를 위해 꼭 챙겨야 할 것들
1. 하루에 한 끼라도 맛있게 건강하게 챙겨 먹기
2. 하루 한 번이라도 주변 사람들에게 친절하기
3. 책상 위 먼지 쌓인 책 속 문장 구출해 주기

4. 오늘의 감정과 내 시간을 메모해 두기

5. 식사 후에는 단 10분이라도 산책하기

변화는 아주 작고 사소한 선택에서 시작될 때가 많다.

05

격이 다른 삶이란,
정확하게 바라보고
분명하게 행동하고
올바르게 변화한다.

"스스로
용서하세요"

삶이, 혹은 삶 안에서 만나는 수많은 사람이 던지는 문제들이 너무 어려워 도망가고 싶을 때가 한두 번이 아니다. 한 해 한 해 나이를 차곡차곡 쌓았다고 해서 어른이 되는 것은 아니었다. 나이가 들수록 겁 또한 많아졌고 감정을 아무리 박박 끌어모아도 답을 찾을 용기를 찾지 못했다.

용기가 필요할 때는 고해성사를 보게 되는 일이 잦아졌다. 그럼에도 늘 어렵게 느껴지는 순간이 바로 《고해성사》다. 내 죄를 생각하고 고백하는 일. 사제와 마주하고 찬찬히 스스로 죄를 타인에게 털어놓는 일. 죄가 없어서가 아니라 어느 정도의 죄까지, 혹은 어디까지가 죄일까 내게 되물으며 타협하게 되는 경우가 많았기 때문이다.

새해 첫 미사 후 고해성사소 앞에 앉아 조용히 차례를 기다렸다. 정적이 흐르는 고해소의 분위기와는 다르게 내 머릿속은 복잡했다. '하― 또 무슨 이야기를 해야 할까?' 날 선 마음은 쉬이 정리될 줄을 몰랐다. 삐뚤삐뚤, 뾰족뾰족 모난 마음들이 계속해서 나를 찔러댔다. 내 차례가 돌아왔다. '그냥 해치워 버리자'는 식으로 형식적으로 마음을 털어놓기 시작했다. 시간에 쫓기는 마음 때문이었을까, 와락 쏟아낸 긴 호흡

때문이었을까, 마음 하나가 툭 하고 끊어지며 뜨거운 눈물이 솟구쳐 말문을 막았다. 당황스러웠다. 하지만 아마도 그 순간의 내가 가장 솔직해지는 순간이었을 것이다. 내 기분을 알아차렸다는 듯이 신부님이 말씀하셨다.

"스스로 용서하세요."

《시절 인연》이라는 말이 있다. 모든 사물의 현상이 시기가 되어야 일어난다는 불교 용어다.

삶에 대한 집착, 사람 사이에서 인정받고 싶다는 망상, 시작도 되지 않은 내일에 대한 불안, 잘 살고 싶다는 욕심.《시절인연》을 삶에 대입하자 고통의 원인을 찾을 수 있었다. 그리고 이런 생각과 맞닿았다.

'나의 오늘은 나의 지난날에 대한 결과물이구나.'

생각해 보면 집착이 커지면 커질수록 포기하고 싶은 날이 많았고, 망상이 커지면 그만큼 상처도 커졌다. 불안은 욕심을 키웠고, 그렇게 커진 욕심은 삶을 도리어 가로막는 악순환으로 이어졌다.

모든 것에는 다 때가 있는 법이었다. 인연도 그러했지만 어른이 되는 것도 그랬다. 어느 날에는 문장이 그랬다. 고해소에서 마주한 그 문장이 시기적절하게 얼어붙어 있던 마음을 녹였듯 수많은 문장 중에서도 유독 마음에 담기는 문장이 있었다. 그리고 그 마음 노트에《시절 인연》이라는 단어를 추가해본다. 지나간 것은 지나간 대로, 머무는 것은 머무는 대로.

지난 것에 대한 집착은 줄이되 머무는 것에 대해 더 애정하는 마음으로 깊이 있게 삶과 사람을 마주하고 싶다는 생각이 든다. 아니 마주해야겠다.

삶은 흘러가야 하는 것이었다. 그리고 흘러가는 것은 모두 변하기 마련이었다. 변화한다는 것은 그만큼 건강하다는 뜻이기도 하다. 만약 오늘 무엇인가 나를 굉장히 아프게 한다면 나는 그 누구보다 잘 해내고 있다는 뜻일지도 모른다. 그 누구보다 건강하게 살고 있다는 뜻일 것이다. 그러니 어제의 마음에 머물지 말자. 어제의 관계에 아프지 말자. 어제의 나를 용서하자. 그리고 오늘 안에서만 살자. 모든 것에는 때가 있는 법이고, 지금은 스스로를 용서해야 하는 시간이다.

습관이 되면 안 되는 것들
1. 무조건 나 자신을 낮추고 상대방에게 맞추는 행동
2. 내 판단은 없고 타인의 기준으로만 사람을 평가하는 태도
3. 누군가의 단점을 비난하며 그 단점을 그대로 따르는 짓
4. 자신을 객관화하지 못하고 변명으로만 일관하는 자세
5. 감정이 행동이 되고, 행동에 반성이 없는 마음가짐

06

삶은,
집착이 아니라
집념으로 살아내는 것.

하지만 그것이 집착이든 집념이든
살아내는 것이 중요할 때가 있다.

살아낸다는 것은,
그 누구도 아닌 나를 위한 최선.

살아내기 위해서라도
있는 그대로를 사랑하기로 하자.

누군가를 이해하느라 노력하지도 말고
그냥 받아들이기로 하자.

만약 그것이 어렵다면
그 사람은 포기하기로 하자.

스스로 이해하고 사랑하기에도
아까운 계절이니까.

이번 계절은
오직 단 한 번의 시간일 테니까.

단 한 번의
계절

07

계절 끝으로 끝도 없이
계절의 조각이 내린다.

봄에는 마음을 휘젓는 꽃비,
여름에는 더위를 식혀주는 단비,
가을에는 계절 위로 떨어지는 낙엽,
겨울에는 시간 위로 쌓이는 새하얀 눈.

사계절을 바라보며 감히 생각한다.

수북하게 내리는 것이 계절만이 아니라
희망이었으면 좋겠다. 사랑이었으면 좋겠다.

계절의
위로

08

어떤 날은
타인에게서 나를 지키는 것보다
나로부터 나를 지키는 것이 더 중요하다.

용기 있는
삶

삶은 매 순간 용기가 필요하다.
하지만 정작 용기는커녕
아무것도 할 수 없는 날이 더 많았다.

나를 배신하는 것은,
결국 타인이 아니라
나일 때가 더 많았기 때문이다.

결국 알게 된다.

용기 있는 삶이란
타인을 평가하는 게 아니라
나를 평가하며 살아가는 것이라는 것을.

09

잘 사는 삶은
슬픔을 잘 지워나가는 것.

어쩌면 인생의 차이는
기쁨에 취하는 데 있지 않고
슬픔을 지워내는 데 있다.

슬픔을 이겨내는 방법

삶에서 중요한 것은,

자존심을 세우는 것이 아니라

자애함을 채우는 것이었다.

(자애하다. 제 몸을 스스로 아끼다)

사람을 세우고
지키는 것

3

月

희망을 가지는 것보다

한계를 정하지 않는

3월이기를

여행이란

시간과 공간을 틀어
새로운 자신을 발견하는 시간.

낮선 길 위의
새로운 나

솔직히 말하면 이제는 여행이 그저 설레임이지만은 않다. 걱정이 앞선다는 것이 가장 솔직한 마음. 이상할 정도로 점점 모든 것이 두려움 투성이다. 하지만 그럼에도 간혹 떠남을 선택하는 것은 고여 있는 내가 아닌 새로운 나를 발견하고 싶은 마음에서이다.

낯선 길 위에서
다시 빛을 찾았고
그렇게 나를 만났다.

상상했던 것들을 현실로 만나는 것, 여행.
그 과정에서 많은 실수와 착오가 존재하지만
그것이 어느 모습이든 결국 받아들이게 된다.

고통을 인정하면 인생이 보이고
슬픔을 인정하면 사람이 보인다.

받아들이면
보이는 것들

있잖아. 너무 아픈 말이지만,

시간도 모른 척하고 지나가 주는 시간이 있어.

그러니 딱 눈 감고 슬픔을 모른 척하고 놓아주자.

살면서
믿게 된 시간

글을 쓰면서 아빠 이야기는 쓴 적이 많지 않다. 아빠는 내게 '좀처럼 풀리지 않는'의 문제라고 생각했다. 많은 부분을 털었다고 생각했지만 그럼에도 상처를 많이 받았다고 생각했고, 넘지 못하는 벽과 같은 느낌이 들 때가 많았기 때문이다. 지난 가을 건강검진 중에 꽤 심각한 건강 이슈가 생겼다. 예전의 나라면 결코 가족에게 말하지 않았을 이야기였다. 하지만 그 순간에는 왜 그랬는지, 부모님께 제일 먼저 그 소식을 알렸다. 최대한 담담하게 말하고 싶었는데, 나도 모르게 덜컥 겁이 났나 보다.

그 시절은 아빠가 심각한 우울증으로 가족 전체가 비상이었던 시기였다. 삶의 에너지가 넘쳤던 아빠의 모습은 온데간데 없고 말없이 침대에 누워 잠을 청하는 것이 아빠의 유일한 세상인 것 같았다. 어떻게 손써 볼 여력도 없이 시간이 흐르자 점점 말수는 없어지셨고, 10년은 확 늙어버린 아빠를 미리 만나버린 기분이 들 때가 많았다. 그런 심각한 집안 분위기에, 내 상황을 끼얹기가 사실 쉽지 않았지만, 그 순간의 나로서는 이기적인 마음이 앞섰다.

어느 드라마에서 '살면서 종종 신을 만나게 되는 시간이 있다.'라는 식의 문장을 만난 적이 있다. 내게는 그 순간이 그랬던 것 같다. 만약 신이 존재한다면 그 순간의 아빠의 모습이 아니었을까 싶었기 때문이다. 내게만 보였던 슬픔의 크기가 너무 커서 이기적인 딸이 되자 아빠가 갑자기 슈퍼맨이라도 된 것 같았다.

"걱정하지 마. 딸. 아무 문제 없을 거야. 무엇보다 아빠가 우리 딸을 위해 정말 정말 열심히 성당도 다니고, 하루하루 감사한 마음으로 엄마랑 행복하게 살게."

얼마 만에 만난 아빠의 삶에 대한 의지였는지 모른다. 가족 모두 아무리 노력해도 볼 수 없었던 아빠의 모습이었다. 아이러니한 일이었지만 삶이 큰 문제를 던져주자, 오래 묵혀 둔 문제 하나가 풀리는 형상이었다.

생각해 보면, 아빠는 늘 그랬다. 완고하고 고지식해서 독불장군 같은 면모가 있었지만 그만큼 가족에 대한 책임감이 강했던 분이었다. 아주 풍족하지는 않았지만 아빠 덕분에 편안하게 삶의 절반을 살 수 있었다. 그것 하나만으로도 정말 감사한 일이었다. 그리고 다시 아빠의 그 확신 덕분에 따스한 마음을 품고 삶의 고비를 넘길 수 있었다. 인생은 그런 것 같다. 절대 풀 수 없을 것 같은 문제를 주는 것 같지만 사실 그 문제 안에 삶의 힌트가 숨어 있다.

그 시간 덕분에 살면서 믿게 된 시간이 있다. '아무리 아파도, 정말 죽을 것처럼 더디게 흐르는 시간이라도, 그 시간에도 모두 이유가 있구나' 싶었던 것이다. 잠시 숨을 죽이고 살아야 하는 시간이 있다. 모른 척해 주고 지나가야 하는 시간도 있었다. 시간은 뒤로 흐르지 않고 앞으로 흐른다. 그렇게 분명 지나간다. 흘러간다. 그러니 잊지 말자. 만약 지금의 시간이 당신에게 참을 수 없는 인내를 강요해도 절대 잊지 말아야 한다.

분명 지나간다.
분명 흘러간다.

그렇게 지나가고 흘러가는 시간도
당신을 위한 시간이었다.

결국 그 시간의 이유를 알게 되는 시간도 온다.

스스로 행복할 것
스스로 충실할 것
스스로 발견할 것
스스로 증명할 것
스스로 사랑할 것

끊임없이 끈질기게
주문하는 맹세들

뿌리가 단단한 사람이 되고 싶다.
흔들리는 땅에서도 결국 이겨내는.

줄기가 단단한 사람이 되고 싶다.
바람 부는 언덕에서도 결국 이겨내는.

내가 정말 되고 싶은 사람은,
흔들리더라도 결국 포기하지 않고
휘날리더라도 결국 이겨내는 사람.

당신은
어때?

스스로 용서할 수 없다면
그 누구도 사랑할 수 없고

스스로 사랑할 수 없다면
그 누구도 지켜낼 수 없다.

삶이 있는 한,
변하지 않는
삶의 방식

스스로 지킨다는 것은,

어제를 작게 보고
오늘은 정확하게 보며
내일은 크게 보는 자세다.

결국 스스로 지켜내려면
매일의 시선이 달라져야 한다.

솔직하게 바라보면
결국 달라진다

힘이 풀릴 때마다 알게 된다. 삶은 균형을 찾아가며 살아가는 것이 중요하다는 생각이 든다. 부족함을 느끼면 과정에 더 노력이 필요하고 지쳤다고 느끼면 결과에 부담을 덜어내야 한다.

삶은 매 순간 중요하지만
그만큼 순간순간에 맞게
균형을 찾으며 살아야 한다.

삶은
균형이다

의심은 자신을 무너지게 만들고
비교는 자신을 초라하게 만들며
회피는 자신을 가치없게 만든다.

자신에게 먼저 예의를 다하고
자신에게 먼저 정성을 다하고
자신에게 먼저 최선을 다한다.

자신에게 예의와 정성과 최선을 다할 때
인생에서 내 이름의 "꽃"이 핀다.

'나'라는 '꽃'을
피우기 위한 몇 가지

꿈은 내게 와서 길이 되었고,
길은 내게 와서 빛이 되었고,
빛은 내게 와서 힘이 되었고,
힘은 내게 와서 글이 되었다.

인생
살림살이

가만히 되묻는다.

나는 무엇이 될까?
무엇이 되고 싶은가?
무엇이 되어야 할까?

매일의 답은 다르지만,
마음이 툭 하고
답을 던진다.

인생 살림살이를
간절한 마음으로 채워 나가라.
바르고 귀한 것들로 채워 나가라.

4
月

4월에는,

더 정성스럽게 쌓아가고

더 다정하게 채워가는

시간이기를

01

인생의 수많은 물음 중에
점점 어려워지는 질문이 있다.

'나는 어떤 사람일까?'

견뎌내면 오더라.
결국 좋은 날이

사실 내게 비친 내 모습이 마음에 드는 날은 거의 없었다. 그럼에도 타인 안에서 평가되는 내 모습을 신경 쓰며 살기에 급급했다. 때로는 어쩔 수 없이 착한 척, 자주 대범한 척… 인생의 대부분을 허세로 스케치 한 가짜 자화상을 끌어안고 진짜로 여기며 살기에 분주했다.

허점투성이인 모습 중에 그나마 진실되게 말할 수 있는 나는, 그럼에도 포기하지 않고 나라는 존재를, 사람의 의미를, 삶의 물음을 이해하며 살고 있다는 것 정도.

'사십대'라는 길 위에 들어서야 그나마 삶 안의 나를 그대로 받아들일 수 있었고, 삶 안에서 점점 달라지는 내가 그렇게 나쁘지 않게 느껴지기도 했다.

"생각보다 차갑고 무서운 사람이었네.", "첫인상과는 많이 다르네."

예전 같으면 신경 쓰였을 냉정한 타인의 평가가 그렇게 아프지 않았다. 그것이 사실일 수도 있었고, 언젠가부터 타인의 평가보다 나 자신에게 받는 평가가 더 중요하게 여겨졌기 때문이다.

조금 솔직히 무거운 고백을 하자면 삶을 포기하고 싶은 날은 수없이 많았다. 하지만 그런 순간의 나는 생각보다 용감했다. 포기를 강요하는 날이 많아질수록 맷집(?) 또한 강해지는 것 같다는 생각이 들 정도였다. 그렇게 하나, 둘 생존 본능이 강한 나를 발견할수록 나 자신이 조금씩 마음에 들기 시작했다.

살면서도 단 한 번도 사랑한 적 없는 나를 아주 조금씩 사랑하게 된 기분이었다. 허황된 가짜 모습을 벗어던지자 볼품 없는 속살의 내 모습을 사랑하게 된 기분이다. 이제는 나라는 사람을 스스로 정의할 때, 어떤 상황에서도 포기를 모르는 사람을 목표로 살고 싶어졌다.

그 어떤 사람보다 부족한 점이 많고, 그 어떤 사람보다 결점 투성이인 나지만 그래도 포기하지 않고 오늘 안의 나를 바로 잡고 내일을 살아갈 궁리를 하면서 용기 있게 살고 싶어졌다.

슬프고 아픈 시간 속에서 꾸준하게 배운 것이 있다면, "견뎌 내면 오더라. 결국 좋은 날이." 삶 속 어둠을 뒤지면 뒤질수록 수많은 시간 안에서 반복되는 모습이기도 했다. 그리고 언젠가 우리 만나면 반드시 웃으면서 말할 수 있는 문장이기를.

"견뎌내면 오더라. 결국 좋은 날이."

02

20대의 흔들림은 방향이 됐고
30대의 흔들림은 선택이 됐고
40대의 흔들림은 용기가 됐다.

마음,
다이어트

하루가 다르게 나이가 무겁게 그리고 무섭게 느껴졌다. 한 계절이 가고 새로운 계절이 시작되는 것도 무서웠고, 매일 하루가 시작되고 끝나는 것도 무거웠다. 무겁고 무서운 마음은 점점 나이를 핑계로 삼아 삶을 경직되게 만들었다. 마음까지 바짝 말라붙는 기분이었다.

'나이가 든다는 것은 뭘까?'

삶이 온통 회색빛으로 창백하게 보일 무렵 든 생각이었다. 도통 삶을 어떻게 풀어 나가야 하는지 막막하게 느껴질 무렵 든 고민이었다. 그러다 우연히 '브레인 포그'란 말을 발견했다. 마음의 숙제를 풀 수 있는 열쇠라도 발견한 듯 공부를 시작했다. 삶의 여러 스트레스와 환경 때문에 머리가 멍해지고 집중력과 인지능력이 저하되며 마치 머리에 안개가 낀 것 같은 상태를 나타내는 것이 '브레인 포그'였다. 새로운 기본값을 발견하자 질문도 새롭게 바뀌었다.

'그럼 어떻게 나이 들어야 할까?'

계속 반복되는 말이지만 정말 정말 정말 달라지고 싶었다. 시간이 날 때마다 마음에 묻고, 책에 묻고, 문장에 묻고 내린 결론은 "아주 사소한 것부터 바꿔보자"였다. 그렇게 선택한 인생 변화 프로젝트의 이름은 "마음 다이어트".

마음을 바꿔야 했지만, 가장 먼저 확인해야 했던 것은 건강이었다. '나는 건강한가?'라는 질문에 늘 확신할 수 없었기에 이런저런 삶의 이유를 붙여 뒤틀어진 삶의 자세를 교정하기로 마음먹었다.

1. 한 달간 밀가루 끊기

처음에는 그리 어려울 거라 생각하지 않았다. 하지만 생각보다 밀가루를 포함한 음식들은 많았다. 좋아하는 음식도 그러했지만 이런 결정을 하면 매 끼니를 간단하게 해결할 수 없었다. 무엇보다 막상 못 먹는다 생각하니 일주일 정도 금단현상처럼 몸이 무거웠고, 심한 두통이 이어졌다.

2. 음식에서 과당 몰아내기

단 음식을 별로 좋아하지 않는다고 자부했지만 아니라는 사실을 바로 알게 됐다. 커피 한 잔과 함께 즐기던 디저트 음식과 작별해야 했고, 가끔 심한 스트레스 회피 장소로 선택했던 달콤한 음료를 포기해야 했다.

3. 오후 7시 이후에는 절식하기

평소에도 야식을 즐기지는 않았지만 시간을 제한한다 생각하니 퇴근 후 먹게 되는 저녁 식사에 진심이 되었다. 특히 저녁 운동을 하는 날은 주린 배를 부여잡고 잠을 자야 했기 때문에 배고픔과 친해져야만 했다.

크다면 크고 작다면 작은, 삶의 많은 부분을 제한하자 처음 일주일은 많이 힘이 들었다. 우선 두통이 심했고 주변 사람들에게 조금은 유별난 사람이 되었으며, 삶의 여러 재미라 생각했던 것들을 제한해야 했다. 하지만 무엇이든지 시선의 차이 아니겠는가. 생각을 고쳐 이렇게 생각하기 시작했다.

1. 채소와 친구하기

밀가루를 뺀 다른 음식에는 관대해질 수밖에 없었다. 특히 평소 가까울 수 없었던 채소와 친해지는 시간이었다. 당근으로 하루를 시작하고, 양배추와 매 끼니 친구가 되었으며, 여러 채소로 허기진 마음을 달랬다.

2. 단백질과 친해지기

지금도 어려운 부분이지만 시간에 맞춰 단백질을 섭취하는 것에 공을 들였던 것 같다. 배고픔을 느낄 때면 단 음료 대신 단백질 음료로 마음을 달랬다. 마치 원효대사의 해골물처럼 이 시기의 단백질은 유일한 힐링 타임이었다.

3. 일정한 시간에 단잠 자기

내 삶에서 가장 절실했던 부분이었고, 가장 달라진 부분이어서 놀랐던 부분이다. 다시 이야기하겠지만 식단을 가볍게 하면서 가장 드라마틱하게 바뀐 부분이 바로 '잠'이었다.

누군가 의아해할지도 모르겠다. 위로 '에세이를 쓰면서 무슨 식단 타령이야?' 내게 2024년은 숨이 턱턱 막히는 지하 터널 안에 있는 기분일 때가 많았다. 삶이 언제나 빛이 드는 길을 갈 수 없다지만 이번 해의 내 마음은 온통 암흑뿐이었다. 나이듦과 건강 문제, 일에 대한 스트레스와 압박, 알 수 없는 외로움 등 숱한 문제들이 삶을 지뢰밭으로 바꿔버렸다. '과연 이 터널을 빠져나갈 수 있을까?' 싶을 때 터널 끝에 느슨하게 걸려 있는 이정표를 발견하고 터널을 빠져나가고 있는 중이다.

어쩌면 너무도 사소한 변화일지도 모르겠다. 하지만 그 작은 선택들이 삶을 다시 기본으로 돌아가게 해주었다. 잊고 있던 초심을 돌아보게 하는 선택이 되었다. 삶이 온통 회색빛으로 보이고, 그 어떤 일에도 집중할 수 없었던 나를 다시 책상 위에 앉히고, 다시 쓰게 하고, 제대로 행동하게 만들어 가는 중이다.

잠시라도 쉼표를 찍는 순간은 반드시 필요하다.
그 쉼표가 길게 이어지는 순간도 반드시 필요하다.
허둥대고, 넘어지고, 좌절하는 순간도 반드시 필요하다.

인생은 좌절하는 사람의 것이 아니라
바로잡고 스스로를 알아가는 사람의 몫이다.

이 글을 쓰고 있는 나약한 필자가 가능했다면,
이 글을 읽고 있는 당신도 가능하다 믿는다.

이제는 자신을 위한 최고의 선택을 생각할 시간이다.

03

삶의 어둠은,
오히려 길을 보여주기도 하고
도리어 길이 되어주기도 한다.

나는 '나'일 때
가장 찬란하다

꽤 자주 사람들의 눈치를 살피며 살게 된다. 좋게 말하면 "배려하면서 사는 편이다"라고 둘러대지만 솔직하게 표현하면 나약한 '겁쟁이'이일 뿐이다. 설령 일상에서 무례한 사람을 만나도 그것을 바로잡을 용기는커녕 주변을 의식하게 되는 날이 많아졌다. 어느 날에는 두려움이 아니라 '무시'라고 둘러댔고, 또 다른 날은 '굳이 내가 왜'라며 도망을 쳤다. 그것이 삶의 '변명'이라는 것을 알면서도 스스로 포기하게 되는 날이 점점 많아졌다.

지나고 보니 그 시간을 어떻게 버텨냈을까 싶은 시절이 있었다. 아마 그 즈음이었던 것 같다. 발견한 문장을 노트에 차곡차곡 메모하며 살아낼 이유를 찾기 시작한 것이. 다행스럽게도 그렇게 발견한 문장은 여러 날 삶의 이유가 되어 주었다.

三人行, 必有我師焉, (삼인행 필유아사언)
澤基善者而從之, (택기선자이종지)
基不善者而改之. (기불선자이개지)

세 사람이 길을 가면, 그 속에 반드시 배울 나의 스승이 있다. 그 중 좋은 것은 따라 본받고,

반대로 모자란 점을 찾으면 스스로 고쳐야 한다.

이 문장을 다시 발견하기 전까지 나는 신을 원망하며 어둠 속에서 하루를 마무리하는 날이 많았다. 삶은 선의가 선의로 돌아오는 경우보다 악의가 되어 돌아오는 날이 더 많았기 때문이다. 하지만 더 문제는 악의로 돌아온 마음에 대한 원망보다는 자괴감이 더 큰 절망의 이유였다는 점이다. 분명 바로잡을 기회는 여러 번 있었으나 그 기회를 번번이 놓쳤다고 여겼다. 호의가 무례가 되기 전에, 선의가 악의로 되돌아서기 전에 기회는 있었으나 언제나 그 기회를 '내'가 놓쳤다고 생각했다.

하지만 그것은 잘못된 생각이었다. 내가 어떤 행동을 했든 결과가 달라지지는 않았을 것이다. 시간이 조금 늦춰졌을지는 모르겠다. 상처의 크기가 조금은 줄어들었을지는 모르겠다. 하지만 결과가 크게 달라지진 않았을 것이다.

살면서 알게 된다. 살면서 점점 '겁쟁이'가 되어간다는 것이 그리 나쁜 것만은 아니라는 것을. 나이가 들수록 겁이 많아진다는 것은, 그만큼 잘 살고 있다는 말일지도 모른다. 지켜내고 싶은 것이 늘었거나 그만큼 변화하며 살고 있다는 증거일지도 모르겠다. 단지 생각해야 할 것은 하나, 지난 인연 안에 삶의 스승도 있었다. 친구가 되었든 적이 되었든 그들은 내게 스승이었다. 따스한 온기와 같은 존재였든, 차디찬 얼음 조각과 같은 존재였든 그 안에 스스로 배워야 할 많은 것들이 있었다. 그리고 절대 놓치지 말아야 할 것은, 나는 '나'일 때 가장 찬란하다는 것이다. 그 모습이 자칫 초라해 보일지라도, 하루하루 덧없이 살아내고 있는 것이 오늘의 내 모습일지라도, 나는 나로 존재하는 것에서 출발한다. 내가 있어야 삶이 있고, 내가 있어야 변화도 있으며, 내가 있어야 오늘도 존재한다. 마지막으로 노트 안에서 발견한 논어 속 문장 위로 나만의 문장을 완성해 본다.

함께 걷는 사람들 안에 내가 있다.
그 안에는 상처받은 어제의 나도 있고,
그럼에도 포기하지 않는 오늘의 나도 있다.

내일의 나는 또 상처투성이일지는 모르나
나답게 더 찬란하게 빛나며 살아낼 것이다.

04

인생은,
잃는 것보다 얻는 것을
생각하며 살아야 행복하다.

놓아야 하는
사람

정말 도움이 필요한 순간이 있었다. 그런 순간이 되면 알게 되는 것 하나. 정말 믿었던 친구에게는 기대했던 도움을 받지 못할 가능성이 높다. 슬픈 일이었다. 하지만 생각보다 실망스럽지는 않았다. 덕분에 나 자신에 대해 새롭게 알게 된 사실도 있었다. 누군가의 진심 앞에서 몰라보게 차가워지는 나 자신을 발견하게 됐다. 그리고 아주 담담하게 스스로에게 이렇게 정리해 말한다.

'저 친구는 지나갈 인연이구나. 마음에서 놓아야 하는 사람이구나.'

마음을 다한 사람은 오히려 마음이 편해지는 법인가 보다. 정말 그랬다. 오히려 그 순간 그 어느 때보다 마음이 편해지는 기분이 들었다. 고맙기까지 했다. 그 친구의 선택 덕분에 많은 것을 알게 되었다.

지나간 인연이 있으면 다시 시작되는 인연도 생긴다는 걸.
인생은 잃는 것보다 얻는 것을 생각하며 살아야 한다는 걸.

난 그렇게 지나간 인연에게 놓아야 하는 사람을 배웠다. 그리고 인생 메모장에 반드시 놓아야 할 사람을 담담하게 정리하고 관계를 마무리한다.

반드시 놓아야 할 사람은,

1. 배려를 당연하게 생각하고 감사함을 모르는 사람
2. 이해는 없고 오해로만 상황을 왜곡하는 사람
3. '솔직함'이라며 무례함을 포장하는 사람
4. 상대의 상황을 비꼬아 생각하는 사람
5. 필요한 순간조차 곁에 있어 주지 않는 사람
6. 삶의 방향이 맞지 않고 매사에 부정적인 사람
7. 필요할 때만 연락하고 정작 도움이 되지 않는 사람

05

외로운 순간에는 나를 알게 되고,
힘든 순간에는 친구를 알게 된다.

좋은 사람이
되어야 하는 이유

아파야 제대로 보이는 것들이 있다. 항상 그랬다. 혼자가 되어 외로워도 혼자가 되어야 오롯이 내 진심이 보였고, 피하고 싶었던 힘든 순간이 찾아와야 친구의 본심이 보였다. 하지만 이상하게도 점점 더 그것들을 알게 되는 것이 그리 나쁘지만은 않았다. 그랬다. 점점 누군가의 진심을 바라보는 일이 그리 나쁘지 않다. 어느 순간에는 그것이 특권처럼 느껴지기도 했다. 논어에 이런 문장이 있다.

德不孤 必有隣 (덕불고 필유린)
덕이 있는 사람은 외롭지 않고 반드시 이웃이 있다.

삶의 기준이랄까. 나이가 들면서 내가 맞다는 생각은 경계하되 나만의 기준으로 살아가는 사람이 되자는 각오를 하며 살게 된다. 그리고 좋은 사람을 만나기를 바라지 말고, 내가 먼저 좋은 사람이 되어 보자는 생각을 한다. 천 년 전 문자에 절절하게 묻어나는 공자의 생각에 격하게 공감하며, 내가 먼저 나를 위한 선한 마음을 쌓으면서 살자는 생각이 간절하게 든다.

하지만 단순히 좋기만 한 사람은 아니었다. 어제보다는 바르고 내일 생각해도 부끄럽지 않은 사람이 먼저 되어 보자는 생각이었다. 어쩌면 그 생각 때문에 아픈 날이 올지도 모르겠다. 어쩌면 그 생각 때문에 많은 사람을 잃을지도 모른다. 하지만 지금까지 배운 것이 있다면 잃어야 할 것은 반드시 잃어야 한다. 인생에 남는 것은 단 하나. 바로 나. 매일 매일 스스로에게 떳떳한 사람이 되고 싶다. 좋은 사람으로 기억되고 싶다. 나 자신에게 좋은 사람으로 기억되고 싶다.

환경을 바꾸면 사람이 바뀌고
사람을 바꾸면 가치가 바뀌고
가치를 바꾸면 미래가 바뀐다.

06

세 명의 사람을 만나면,

그 중 한 명과는 친구가 되고
다른 한 명과는 보통의 인연이 되고
마지막 한 명과는 스쳐지나야 한다.

아픈 인연
앞에서

시간과 공간이 아무리 달라져도 삶의 기준이 달라지지 않는 한 인간관계 속 문제 역시 달라지지 않는다. 더 솔직하게 아무리 기준을 바꾸고 많은 것을 포기하면서 양보하고 달라지려 노력해도 인간관계의 문제는 끝이 없다.

다만 달라지는 것이 있다면,
아팠던 만큼 보이고,
좌절한 만큼 알게 되고,
쓰러진 만큼 단단해진다는 것!

아픈 인연에게도
반드시 배울 점이 있다는 것!

아픈 시간은 반드시 방법을 알려주고
아픈 인연은 반드시 방향을 알려준다.

잊지 말길. 절대 사람은 변하지 않는다. 타인도 그렇지만 나 자신도 그러하다. '달라져야지' 야무지게 마음먹지만 매번 비슷한 상황에 놓이게 된다. 다만 수많은 도돌이표 관계가 흘리고 간 삶의 단서를 스승 삼아 스스로 바꾸고 달라져야 한다.

지나간 아픈 인연에게 배운 점이 있다면,

1. 절대 아쉬운 인연은 없다.
일어날 일은 언젠가 반드시 일어나는 것처럼 인연 역시 끝날
인연은 결국 끝이 난다.

2. 서로 고쳐 쓸 수 없다.
서로 맞지 않다 생각했다면 더 큰 악연으로 끝나기 전에 정
리하고 정리되어야 한다.

3. 행복한 인간관계는 없다.
삶의 희로애락처럼 사람과 사람 사이에도 기쁨과 슬픔이 공
존한다.

07

관계에서만큼은
하지 않아야 빛이 나는
순간이 더 많았다.

차라리
"하지 마라"

1. 타인에게 위안을 구걸하지 마라.

생각해 보면 완벽한 위안은 세상에 존재하지 않는다. 나부터도 누군가에게 온전한 위안을 받지 못할 때가 더 많다. 누군가 내 마음을 이해해 줄 거라는 기대는 하지 말아야 한다. 자칫 누군가에 대한 기대가 더 큰 상처로 돌아올 수 있다.

2. 개인적인 이야기는 공유하지 마라.

가볍게 일상을 나누며 공감대를 형성하는 이야기는 괜찮겠지만 지극히 사적인 이야기를 타인과 공유하는 것은 위험한 일이다. 결국 자신의 얼굴에 침을 뱉는 격일 수도 있으니 조심해야 한다는 말이다.

3. 관계를 유지하려 정성을 쏟지 마라.

마음이 가는 사람에게 시간과 정성을 쏟는 것은 어찌 보면 너무도 당연한 이치다. 하지만 그 마음이 너무 과하게 되면 상대에게 부담을 줄 수도 있고, '내가 마음을 줬는데, 쟤는 왜?'라며 섭섭한 마음이 들 수도 있다. 결국 역효과가 나는 경우가 더 많다.

4. 서운한 감정을 묵히며 쌓아두지 마라.

섭섭한 마음조차 풀어놓지 못하는 관계라면 지금 당장 관계를 정리하는 게 좋다. 나의 이해를 상대가 모두 헤아려 줄 수 없고, 나의 배려를 상대가 모두 받아줄 필요도 없다. 집 안의 쓰레기통을 매일 비워내듯 서로의 감정 쓰레기통도 매일 정리하는 것이 좋다.

5. 친해졌다 생각해도 함부로 대하지 마라.

관계에 있어 가장 중요한 부분이기도 하나 가장 소홀해지는 부분이기도 하다. 관계가 깊어질수록 상대의 본모습을 발견하게 된다. 그 부분을 쉽게 평가할 필요도 없지만 먼저 내가 상대를 함부로 대하고 있지는 않은지도 체크해 봐야 한다. 물론 상대의 예의 없는 행동도 참을 필요는 없다. 상대의 예의 없는 행동을 처음에 바로 잡지 못하면 다시는 기회가 없을지도 모른다.

08

사람이 지나간 자리에는 진실이 남고
사랑이 지나간 자리에는 진심이 남는다.

사람과 사랑이
지나가면

09

진실이 아플수록
정리는 확고하게

진실은 늘
꽤 매섭지만

진실은 자주 삶을
진심은 자주 인생을
혼돈 속으로 몰아넣는다.

삶은 언제나 수수께끼.
인생은 언제나 난센스.

결국
진실의 크기가
좌절의 무게를
결정한다.

삶의 굴곡 속에서
진실이 아프게 다가올수록
더 선명해지는 것들이 있다.

―나는 그렇게 약하지 않다.
―시간이 걸리더라도 끝은 온다.
―힘든 상황에서는 늘 새로운 나를 발견한다.

진심과 진실이 아무리 아파도
겁을 먹지 말고 주저하지 말고 확고하게
"인생의 페이지를 넘겨라!"

당신만이 할 수 있다.
당신이니까 할 수 있다.

나를 이해하는 것만큼
타인을 이해하기 시작하자
세상이 조금은 편하게 보였다.

이해는 사실
이기적인 것

사실 문장으로 펼쳐놓으면 너무도 쉬운 문장일지 모르나 쉬운 문장일수록 행동으로 옮기는 것은 쉽지 않다. 그래서 결국 생각을 행동으로 옮길 수 있는 사람을 존경하며 살게 됐다.

하지만 또 발견하게 된 것이 있다면, '이해'란 아주 이기적인 행동일지도 모른다는 것. 누군가를 딱 잡아 삐딱하게 바라보고 오해하며 살아가는 것만큼 피곤한 것도 없는 것 같다. 마음에 들지 않은 누군가를 만나면 투명 인간처럼 생각하면 그뿐이다. 한 사람의 행동을 바라보며 판단하고 굳이 되지도 않은 '이해'라는 사족을 붙여 오해하며 사는 것만큼 치졸하고 비겁하며 피곤한 시간도 없는 것 같다.

결국 이해는 나를 위한 것이다. 사실 매 순간 나 자신에게 그러고 살고 있지 않은가. 실수하는 나를 이해하며, 부족한 나를 포용하며 살고 있지 않은가. 그것이 무엇이든 오해하며 살기로 작정한 시간은 언제나 마음이든 몸이든 많이 아팠다. 이해는 그 누구를 위한 선택도 아니고 특별히 좋은 사람이 되기 위한 노력도 아니다. 온전히 나를 위한 선택일 뿐이다.

5
月

5월에는,

용기있게 나아갈 것

온전하게 믿어줄 것

다정하게 살아갈 것

당당하게 지켜낼 것

시간은 결국 흘러 경험으로 남는다.
사람도 결국 지나 경험으로 남는다.

'진짜 친구'라는 기준

삶의 경험치가 늘어날수록 달라지는 것들이 늘었다. 예전에는 확고하게 맞다 생각했던 생각이 틀린 느낌으로 다가올 때가 많았다. 사람이 그랬고, 조금 더 깊게는 친구의 정의가 그랬다.

진정한 우정은,
슬픔을 나누는 것만이 아니라
기쁨을 나누는 것이다.

생각해 보면, 삶에서 슬픔을 나눌 수 있는 사람은 많았다. 아픈 일 앞에서는 많은 이들이 위로를 건넸고, 그 따스함에 위안을 찾았다. 하지만 점점 좋은 일 앞에서 자신의 일인 것처럼 진심으로 기뻐해 주는 이를 찾게 되는 일이 점점 어려워졌다.

자칫 좋은 일을 이야기하면 자랑하는 사람이 되는 일이 많았고, 결국 자만심이 강한 사람으로 남게 되는 일도 있었다. 점점 좋은 일을 나눌 일이 줄어들고 있음을 알게 됐다. 슬픈 일이기도 했지만 좋은 일이기도 했다. '친구'라는 정의를 내릴 때 나름의 기준이 될 수 있었기 때문이다.

진짜 용감한 사람은,
내 사람들에게 인색하지 않아.

내 사람이라 여기면
내 사람들에겐 관대해져야 해.

삶의
진짜 내공

삶에 대한 예의란
오늘을 사는 '애씀'에서 나오고,

사람에 대한 예의란
타인을 선하게 대하는 '힘씀'에 있다.

예의가
삶의 차이

시간이 지날수록 익숙해져도
예의를 잃지 않는 사람을 만나되
사람에게 두 마음을 품는 이를 경계해야 한다.

관계의
판도라 상자

거짓으로 이어지는 관계보다는
진실로 어긋나는 관계가 낫다.

그것이
이별이어도

예전에는 어떻게든 붙들고 싶은 관계가 있었다.
하지만 결국 혼자만 노력해서 되는 관계는 없었다.

아픈 사실이었지만 그 사실을 받아들이자
거짓으로 이어지는 관계보다는
진실로 어긋나는 관계가 낫다고
생각하기 시작했다.

때로 삶의 진실은 아프지만
우리는 그렇게 어른이 되어 간다

마음을 열고 다가가되
마음을 구걸하지 않아야
비로소 사람의 본심이 보인다.

점점
다행인 것들

분명 아는 것보다 모르고 지나가는 것이 더 좋을 때가 있다. 하지만 이제는, 아니 언제부턴가 사람의 본심을 아는 것이 더 좋은 것 같다는 생각이 든다. 내 본심이 드러나는 순간도 마찬가지다.

감추고 미루고 때로는 구걸하게 되는 마음보다는, 그것이 아무리 아픈 마음이라도 사람의 본심을 알게 되는 순간을 받아들이는 것이 다행이다 싶게 됐다.

삶의 많은 부분이 아팠지만
살면서 점점 다행인 것들도 늘었다.

장점이 많은 사람을 만나면, 내 단점이 작아지고
단점이 많은 사람을 만나면, 내 장점이 커진다.
결국 장단점의 문제가 아니라 이해의 문제이다.

인연은
이해다

매일매일을
귀하게 생각하되
뒤를 돌아보지 말고
오늘의 길을 묵묵히 가라.

My
Way

좋은 관계는
억지로 만드는 것이 아니라
자연스레 맺어나가는 것.

좋은 관계일수록 자연스럽다.
멋진 나무가 풍성한 열매를 맺듯
산뜻한 발걸음 뒤에 상쾌한 땀방울이 맺히듯.

그렇게 부디
우리의 관계들도
그러하기를

아픔으로 남은 인연에 감사한다.
절대 잊지 못할 아픔을 통해
사람을 배웠으니 말이다.

그렇게 지나가 준 사람 덕분에
사람을 배웠고 나를 발견했다.

아플수록
고마운 이유

6

月

6월에는,

반드시 행복할 것

반드시 시작할 것

반드시 다정할 것

반드시 용감할 것

반드시 완성할 것

누군가의 진심이 아픔이 되는 날이 있다.
하지만 그 진심이 다행인 날이 있다.

그것 또한
인생이겠지

누군가의 진심을 알게 된다는 것은,
때로는 낭만적이지만 꽤 자주 잔혹하다.

하지만 결국 잔혹한 진심을 알게 되는 것은,
나약한 어제와의 결별이자 새로운 내일의 출발이다.

사람 때문에 아픈 날이 오면
큰 소리로 내게 각인시킨다.

강해지고 싶다면 비우고
행복하고 싶다면 지우고
완성하고 싶다면 바꾼다.

인생의 많은 순간 문제가 되는 것을 알면서도
정작 쉽게 비우지 못했다. 지우지 못했다.
바꾸지 못했다. 결국 그것이 문제였다.

그렇게 쌓인 후회는 내게 인생의 반성문이 되었다.
눈을 감으면 지난 시간의 후회들이 폭포수처럼 떨어진다.
하지만 실수에서 머물지 않고 실패에 머뭇거리지 않고

실망하고 멈추고 싶지 않다.

매일 점점 강해지고 싶고 행복하고 싶고 완성하고 싶다.

'이것도 인생이겠지' 하며 체념하는 순간이 늘어날수록
철이 들어갔고, 사계절이 반복되며 삶의 깊이를 더하듯
내 삶도 깊어지고 넓어지는 기분이 들었다.

누군가의 진심에서 나를 알게 됐고,
누군가의 태도에서 자격을 알게 됐고,
누군가의 용기에서 인생을 알게 됐다.

한 계절이 지나간다.
지나간 계절과 함께
소란했던 관계를 또 정리한다.

다음 계절에도
잘 부탁한다

지나간 인연들에게 감사하고,
남아준 사람들에게 감사하며,
내 눈앞 아른거리는 계절에게 말한다.

'다음 계절에도 잘 부탁한다.'

숱한 계절이 쌓여갈수록

깊은 상처 끝에 깊은 나를 만났고,
깊은 어둠 끝에 깊은 빛을 만났다.

싫으면 싫은 거지.
좋은 것이 될 수 없다.

용기가
태도가 되는 법

용감하게 산다는 건,
마음을 티 내면서 사는 것일지도.

티 낼 건 티 내면서 살자.

기분이 태도가 되면 안 되는 시대를 산다지만
좋은 게 싫을 순 없고 싫은 게 좋을 순 없다.

내 기분이 불필요하게 낭비되지 않으려면
무례하지 않지만 싫은 건 싫다고 좋은 건 좋다고
티 낼 건 티 내면서 살아가야 한다.

정성을 다했다면 돌아보지 않는다.
용기를 다했다면 망설이지 않는다.

누군가 오늘에 대해 묻는다면
나는 아마도 이렇게 답할 것 같다.

나를 살리는
인생 호흡법

사람의 삶은 연속된 동작처럼 이어지고 이어진다. 그럼에도 누군가의 삶은 매일 백지처럼 깨끗하게 출발하고, 누군가의 삶은 매일 지난 시간의 흔적 위에 덧입혀지며 매일매일 탁해진다.

하루가 다르게 살기 위한 생존 운동의 숫자가 늘어난다. 인생의 많은 에너지를 운동으로 채우고 비우면서 자문한다. '살기 위해 이렇게까지.' 하지만 그런 의구심이 들수록 몸은 점점 새로운 운동을 갈구하기도 한다. 살면서 단 한 번도 느껴보지 못한 감정을 경험하면서 삶의 많은 부분이 자석처럼 느껴진다. 인과 관계가 어떻든, 그것의 선순위가 어떻든 운동을 하면 할수록 삶이 점점 건강한 사람들로 채워진다.

운동이 늘면서 알게 된 것 중에 하나가 바로 호흡법이다. 다 같은 호흡처럼 보여도 모든 호흡법이 조금씩 달랐고, 호흡법을 제대로 하는 것만큼 중요한 것은 없었다. 호흡법을 제대로 익혀야만 조금이라도 편안하게, 부상 없이 운동을 즐길 수 있었다.

지구력이 한참 부족해도, 운동 능력이 조금 떨어져도 기본 호흡법만 제대로 할 수 있다면 생각보다 어렵지 않게 운동을 할 수 있었다. 하지만 운동마다 다른 호흡법을 각자만의 방식으로 이해하고 실천하는 것 역시 쉽지 않은 일이었다. 인생처럼 말이다.

삶도 늘 그러하지만 어떤 것이 맞고 틀린지, 어떤 것을 선택해야 맞고 틀린지 우리는 이미 잘 알고 있다. 하지만 맞는 답이라고 해서 늘 맞는 답을 선택하며 살 수는 없는 것 또한 인생이다. 이미 답을 알고 있지만 항상 틀린 답을 선택하는 것이 삶이기도 했다.

혼자만의 운동 시간이 늘수록 삶을 단순하게 바라보는 습관이 생겼다. 분명 몸을 위해 투자하는 운동임에도 정신이 또렷해지는 날이 늘었다. 시행착오가 잦을수록 실망할 필요가 없다는 말이다. 선택이 조금 틀어지고 상처가 늘어난다고 아플 필요는 없다는 말이다. 수많은 잘못된 선택과 상처가 쌓여갈수록 정확하게 알게 되는 것이 있다.

나는 아픔이 순간이 길어질수록 진실된 나를 발견할 수 있었다. 너무도 부족해서 숨기고 싶은 모습이기도 했지만 그것을 받아들이고 인정해야만 다시 시작할 수 있음을 알게 됐다. 물론 이 시작점 끝에서 다시 부족한 나를 만나게 될지도 모르겠다. 다만 지금 확신할 수 있는 것은 실패가 두렵지 않은, 그럼에도 다시 시작할 수 있는 인생의 용기를, 나를 살리는 인생 호흡법을 완성하고 있다는 것.

삶의 오르막은 끝이 없었다. 하지만 그 순간 반드시 발견하게 된다. 포기하지만 않는다면 자신만의 호흡법을 찾아 해결해 가는 내 모습을.

어쩌면 고마운 일이지.

상처에서 나를 찾는 법을 알게 해 줘서.
시간에서 위로를 받는 법을 알게 해 줘서.

아픔에 감사하게
되는 이유

사람 때문에 시시해지지 마라.
사람 때문에 구차해지지 마라.

혹시 그런 인연이 있다면
뒤도 돌아보지 말고
도망가라.

'사람'이라는
변명

단단해진다는 것은,

단순히 강해진다는 의미만이 아니라

버릴 때는 과감히 비우고

분노할 때는 차분히 행동하고

지켜낼 때는 용감히 자신을 드러내는 것.

적을 만들지 않는
관계 정리법

삶에서 중요한 것은,
쉽게 인연을 늘리지 않는 것.

만약 그럼에도 인생의 길목에서
맞지 않은 인연을 만났다며,
유연하고 용감하게 행동해야 한다.

적을 만들지 않는 관계 정리법

1. 상대에게 반응은 하되 적대시하진 말 것
2. 주변 사람에게 상황을 전달하되 험담은 삼갈 것
3. 굳이 감정을 티 내면서 속마음까지 들키진 말 것
4. 지극히 개인적인 사생활이나 감정은 노출하지 말 것
5. 제 3자에게 굳이 상황을 이해 받으려 하지 말 것
6. '혹시 나아지지 않을까' 하는 기대를 품지 말 것
7. 정리하고자 하는 사람과 거리는 확실히 둘 것
8. 예의는 지키되 상냥하게 다가가진 말 것
9. 멀어지는 시간을 천천히 갖고 잊혀질 것
10. 싸우려 들지도, 굳이 비난하지도 말 것

잃는 것도 사람이고,
얻는 것도 사람이다.

사람을 잃었다는 마음을
잊어야 하는 이유다.

이별 아닌
이유

너무 많은 것을 이해하며, 살지 마라.
너무 많은 것을 용서하며, 살지 마라.

쉽지 않았던 이해와 세상 어려웠던 용서를
당연하게 생각하는 누군가가 있다면,
그 사람은 보내야 하는 사람.
그 인연은 놓아야 하는 인연.

변명하지 마라.
설명하지 마라.

떠나보내야 하는 사람에게는 더더욱.

나를 가치 있게
만드는 방법

적을 만들지 않게 노력하되

만약 적이 생겼다면

두려워하지 말고

부끄러워 말고

용감해져라.

절박하지만
간절한 다짐

月

7월에는,

기꺼이 증명할 것

마음껏 슬퍼할 것

성심껏 행동할 것

빼곡히 발견할 것

앤디 워홀(1928-1987)은 말했다. "사람들은 시간이 상황을 변화시킨다고 하지만 사실은 자기 자신이 상황을 변화시켜야 한다."

흔들리지 않으면
결국 이긴다

첫 책 〈미안해 사랑해 고마워〉를 쓰면서 발견한 문장을 다시 쓰면서 달라진 마음을 발견했다. 예전에는 시간이 모든 것을 해결해 줄 거라 믿었다. 그렇게 시간의 힘을 믿게 되자 모든 것을 시간에만 맡기면 되는 줄 알았다. 하지만 그것은 아니었다. 시간은 단지 도구일 뿐, 정작 변화해야 하는 것은 그 시간 안의 나였다.

잊지 말아야 했다. 짧디짧은 젊음도, 주어진 시간도, 한철의 계절도, 사람에게 품은 마음도 정해진 것이었다. 지나가지 않는 것은 그 어떤 것도 없었고, 그렇게 지나간 것은 절대 돌아오지 않았다. 시간을 흘려보내야 하는 날이 많아질수록 알게 된 것은, 시간은 앞으로 흐르게 해야 한다는 것. 시간은 절대 뒤로 흐르게 하면 안 된다는 것. 시간은 생각보다 잔인하고 철두철미했으며 아량이 없었다.

시간을 잔인하게 여기지 않으려면 철저하게 달라져야 했고, 행동으로 증명해야 했다. 뒤를 돌아보는 시간을 점점 줄여야 했고, 조금이라도 앞으로 나아가야 했다. 고통을 견디며 앞으로 나아가야 하는 날에는 이런 인생 법칙을 정하기로 했다.

'이 시간을 견뎌낼 인생의 쉼표를 수없이 찍고서라도 이 고통의 마침표를 찍어내자.'

시간의 강을 건너기 위해서는 정말 많은 쉼표가 필요했고, 나는 그것들을 어느 순간부터 '숨표'라 불렀다. 어느 순간부터는 일상의 많은 순간들에 숨표들을 잘게 쪼개 찍기 시작했다.

걱정의 태풍이 불어닥치면 나가서 무조건 걸었고, 끝도 없는 삶의 의구심이 들 때면 새로운 것을 찾아 배워갔으며, 사람이 아프면 서슴없이 그 사람에 대한 마음을 거둬들였고, 새로운 사람을 만나는 것을 더 이상 망설이거나 두려워하지 않기로 했다. 어렵지 않은 삶의 숨표들이 늘어갈수록 새로운 나를 발견하는 날도 많아졌다. 그것은 정말 신비한 경험이었다.

예전 같으면 영락없이 흔들려야 하는 문제들 앞에서 흔들리지 않는 나를 만날 수 있었고, 더 강하게 이겨내는 나를 알게되었다. 하지만 그것은 절대 내가 잘났거나 크게 변화해서 그런 것은 아니었다. 아주 작은 삶의 변화들이 새로운 내 모습을 끄집어낸 것이었다.

일상 속 작은 숨표들이 나를 달라지게 했고, 흔들리고 무너졌던 내 일상을 단단하게 만들어 주었다. 그 어떤 변화여도 괜찮다. 당신 역시 찾을 수 있다. 일상을 단단하게 물들일 수 있는 숨표를 찾아낼 수 있다. 그리고 새로운 모습의 자신을 발견할 수 있다. 잊지 말자.

"흔들리지 않으면 결국 이길 수 있다."

낡은 신발을
부끄러워하는 사람이 되지 말고,
낡은 생각을 돌아보는 사람이 될 것

계절 옷장을
정리하며

나이가 쌓이면 현명해지면 좋을 텐데. 나이가 쌓일수록 반성해야 할 것도 늘어나는 기분이 든다. 계절이 바뀌고 옷장 앞에 또 섰다. 아직도 능숙하지 않은 솜씨로 이것저것 정리를 시작한다. 집 안을 정리할 때마다 느끼는 거지만, 난 참 무엇 하나를 버리기가 힘든 사람이다. 귀하게 여기는 물건이 아님에도 무엇 하나 쉬이 버리지 못하는 사람이다. 그렇게 몇 날 며칠을 고심하고 고심해야 결국 조금 비워낼 수 있는 정도의 사람이다.

하지만 이번에 발견하게 된 내 모습은 '나는 정리를 못 하는 사람이다'라는 정의가 아닌 '나는 참 충동적인 사람이다'라는 점이었다. 그리고 그 '충동'이라는 말은, 결국 타인에게 보여지기 위한 선택일 때가 많다는 것을 알게 됐다. SNS도 그렇고, 프로필을 꾸미는 것에도 그렇고 타인에게 보여주기 식으로 살고 있는 가식적인 나 자신을 발견하게 되는 날이 늘었다.

부끄러운 고백이지만 가식적인 모습으로 잘 살고 있다 자부하며 살 때가 많다는 것을 알게 됐다. 결국 버리는 것도 중요한 일이지만 남겨진 것을 어떤 가치로 분류하느냐가 더 중요

하다는 것을 이번 계절 옷장 앞에서 배웠다. 정작 버려야 하
는 것은 낡은 옷이나 신발이 아니라 비뚤어지고 낡은 생각이
었다.

나를 가치 있게 만드는 것은
반짝이는 새 신발이 아니었다.

나를 가치 있게 만드는 것은
매 순간 돌아보는 반짝이는 생각이었다.

희망을 가지는 것보다
더 중요한 건,
한계를 정하지 않는 것.

하지만 언제나
한계를 정하는 것 역시 나였다.

어쩌면 그렇기에
언제나 희망을 말하기 앞서
한계를 정하지 말아야 하는 게 먼저일지도.

희망보다
중요한 것

많이 흔들릴수록
많이 잃어버릴수록
진정 채울 수 있다.

아픔의 시간이
말하고 싶은 것

당신의 오늘은, 아마 많이 아팠을 거야.
아니면 그냥 버텼을지도 모르겠네.

사실 요즘의 내가 딱 그 모습이었거든.
아무에게도 말할 수 없는 아픈 마음이 있었어.
그 누구에게도 들키고 싶지 않은 마음도 있었고.

그런데 말이야. 그런 시간, 그런 마음이 있다는 건, 점점 '나'
를 발견하는 시간이 많아지고 있다는 생각이 들었어. 그 누
구도 알아주지 않는 시간이라도, 그 누구에게도 말할 수 없는
마음이라도. 많이 흔들릴수록, 많이 무너질수록, 많이 잃어
버릴수록 진정 자신을 위해 채워갈 수 있는 공간이 생긴다는
걸. 이제는 알게 됐어.

많이 아팠던 만큼 많이 비워낼 수도 있을 거야.
그 아픔의 공간이 언젠가 당신만을 위해
채워질 거라고 꼭 말해주고 싶어.

어제를 핑계 삼지 않고
오늘을 잃어버리지 않고
내일을 두려워하지 않기

바라는 만큼
살게 된다

1. 부끄러움을 아는 사람이 되고 싶다.

2. 사람을 소중하게 대하는 사람이 되고 싶다.

3. 진심을 귀하게 여기는 사람이 되고 싶다.

4. 바른 시선으로 세상을 바라보고 싶다.

5. 목표가 있는 오늘을 살고 싶다.

나를 지켜주는 건 자존심이 아니었다.

정작 나를 지켜주는 건 부끄러움이었다.

잘못됨을 제대로 바라보고 인정하며 더 나아질 기회를 나 자신에게 줄 수 있어야 인생은 달라질 수 있다. 고전 철학서 '근사록(近思錄)'에는 이런 문구가 있다.

"가난과 고난과 근심, 걱정은 그대를 옥처럼 완성시킨다."

언제나 인정하고 싶지 않았던 나의 가난과 언제나 피하고 싶었던 역경과 언제나 미리 만들어 하게 되는 걱정들이 결국 나를 어제보다는 단단하게 하는 것일지도 모른다고 받아들여야 했다. 고전 문장의 의미를 아직까지도 온전히 이해하지는 못했지만 이제는 중심을 잃지 않고 살고 싶다. 위태롭게 흔들리고 무너질 듯 무서운 시간이 삶에 찾아와도 더 이상 어제를 핑계 삼지 않고 오늘을 잃어버리지 않고 내일을 두려워하지 말자고 바라며 다짐하며 살고 싶다.

삶은 결국 바라는 것만큼 살게 된다.
아니 그렇게 믿으면 그렇게 살 수 있다.

매일,
어제를 허물고
오늘을 쌓으며
내일을 세울 것

좋은 습관은 쌓여서 멋진 내일을 만들지만,
나쁜 습관은 굳어서 오늘의 발목을 잡는다.

좋은 습관은
배신하지 않는다

나를 미워할 수는 있어도
포기해서는 안 된다.

언제나 나를 미워하는 순간에는 그랬다.
삶의 기행 속에서 언제나 나를 사랑할 수는 없지만
혹은 미워하게 되지만 중요한 것은 나를 포기하지 않는 것.

마침
다짐표

생각보다 사람은 약하지 않다.

당신도 그러하다.

당신은
강한 사람이다

어느 날은, 이유도 없이 눈물이 났다. 딱히 이유를 말할 수 없는 눈물일 때가 많았다. 눈물의 이유를 끝끝내 찾아낼 수 없었지만 그것은 반가운 일이었다.

삶의, 혹은 살아낼 이런저런 이유를 찾다 이런 상상까지 해보았다. 엉뚱하긴 하지만 별을 찾아 지구를 떠나는 우주비행선이 되는 상상을. 발사된 우주선이 고도를 높이며 하나, 둘 기체를 분리한다. 앞으로 앞으로 나아가기 위해 무게를 줄여나가는 것이다. 어쩌면 나 역시 그렇게 삶의 무게를 줄여나가는 것이 아닐까. 하지만 삶은 제멋대로 무게를 줄인다고 줄여나갈 수 있는 것은 아니었다. 다시 질문이 벽에 막히자, 몇 년 전 책에서 읽었던 독수리의 삶이 생각났다.

자연에서 30~40년 정도 살게 되면 독수리는 부리가 무뎌지고 그 무뎌진 부리가 자라 목을 찔러댄다. 또 날개의 깃털이 무거워져 사냥을 하기에도 버거워질 지경에 이르게 되고, 정리되지 않은 발톱은 날카롭게 자라 살 속을 파고든다. 야생독수리가 죽음과 마주하게 되는 순간이다. 독수리는 선택해야 한다.

그 모든 것을 받아들이고 그대로 죽을 것인가, 다시 새롭게 태어날 것인가.

만약 독수리가 새롭게 태어날 것을 선택한다면 우선 높은 산으로 날아가 새 둥지를 튼다. 그리고 돌산 벽에 무뎌진 부리를 스스로 부딪쳐 깨뜨리고 또 부순다. 그런 과정에서는 사냥조차 할 수 없기에 먹는 것을 포기하고 새 부리가 온전히 자랄 때까지 기다려야 한다. 하지만 여기서 끝이 아니었다. 그렇게 부리가 자라나면 새 부리로 날카로워진 발톱을 모두 뽑아내고 낡은 깃털마저 뽑아낸다. 독수리가 새로운 발톱과 깃털을 가지게 되기까지 반년 정도 시간이 걸린다. 쉬이 형언할 수 없는 고통 속에서 인내하고 고뇌해야만 새로운 삶을 얻을 수 있는 것이다.

나는 과연 새로운 삶에 도전하는 독수리처럼 선택할 수 있을까. 이유 없는 눈물 앞에서도 허둥대는 나는 어떨까. 삶이 무겁다고 징징대는 나는 어떨까. 살고는 싶지만 새 삶과 맞바꿔야 하는 인내의 시간을 견뎌낼 수 있을까. 하지만 삶이 무거울수록 수시로 깨닫게 되는 것이 있다.

'생각보다 인간은 약하지 않다. 나 역시 그러하다.'

생각보다 자주 눈물, 콧물 흘리며 삶이 무겁다고 징징대긴 하지만 그렇다고 약하다는 이야기는 아니었다. 이 글을 읽고 있는 당신도 그러할 거라 믿는다. 길을 자주 잃어버린 사람은 잃어버린 길에서도 새로운 길을 찾는 방법을 찾았을 것이고, 그렇게 자신만의 체력을 알게 되면 적당한 속도로 지치지 않고 인생을 걸어가는 방법을 알게 되었을 것이다.

"당신은 강한 사람이다.
그리고 모든 것을 이겨낼 수 있는 사람이다."

척박한 야생 속에서도 독수리가 인내하며 새로운 날갯짓을 하듯 당신도 나아갈 수 있다. 중요한 것은 선택이며, 그 선택은 분명 방법도 알려줄 것이다. 그리고 무엇보다 당신을 믿는다. 오늘의 길 끝에서 새로운 자신을 찾아 멋지게 날아갈 거라고. 그 누구보다 찬란하게 살아낼 거라고.

오늘의 고민은
절대 나를 배신하지 않는다.

고민의 자리에서도
나무는 자란다

삶이 참 그렇다. 사람이 참 그래. 어제의 고민이 끝나지도 않았는데 오늘 또 새로운 고민이 마구 쏟아진다. 참 못났다. 나 자신을 질책해 보지만 고민은 해결은커녕 늘 적립되기만 한다.

하지만 지난 시간을 돌아보면 그런 고민 끝에서 꽤 괜찮은 나를 만나는 날도 있다. 오늘의 고민이 아무리 무겁고 가혹해 보여도 그 고민의 자리에 고민만 남는 것은 아니었다.

'어떻게 고민하느냐'에 따라 멋지고 튼튼한 나무가 자랄 수도 있다. 결국 그 나무가 인생에 오래오래 남아 어느 날은 인생의 버팀목이 되고, 그늘이 되고, 바람이 되어줄 날이 올 거라 믿는다.

숱하게 무너진다. 잘 살고 싶은 마음이.
숱하게 부서진다. 잘 해내고 싶은 마음이.

시간의 무게를
견뎌낼 수 있다면

무너지고 부서지는 시간도 많았다.
다만 그 시간은 말한다.

"어떤 순간에도 도망가지 말아라."

그 시간이 아무리 두려워도
당당하게 그 시간을 견뎌내라.

그렇게 결국 그 시간을 견뎌내면
반드시 시간도 인생에 선물을 내어준다.

月

8월에는,

뜨겁게 감사할 것.

간절하게 행복할 것.

다정하게 안아줄 것.

정성스럽게 질문할 것.

외롭다면, 책을 읽고
아프다면, 글을 쓰고
성공하고 싶다면, 인내하고
자유롭고 싶다면, 인정하며
인생을 부끄럽지 않게 채워 나갈 것.

삶이
달라지는 선택

02

인생은
아파야 웃을 수 있고
잃어야 얻을 수도 있다.

인생은
정말 그랬다

좋아하지만
사랑할 수는 없는 것들에
애쓰진 말자.

사랑은
빼앗는 것이 아니다

자연스러운 일인 줄 알았다.
좋아하는 것을 사랑하게 되는 일.

하지만 좋아한다는 것이
언제나 사랑으로 이어지지는 않았다.

좋아하지만 포기해야 하는 것이 있었고,
좋아하지만 마음이 더 이상 자라지 않는 것도 있었다.

목표라 생각했던 것이 그랬고,
꿈이라 여겼던 것이 그랬으며,
사람을 대하는 마음이 그랬다.

목표라 해서, 꿈이라 해서, 마음이 가는 사람이라 해서
처음의 좋은 마음이 사랑으로 이어지는 일은
생각보다 흔치 않았다.

결국 선택해야 했다.

좋아하는 것에 머물든지

사랑하려 애쓰는 마음을 멈추든지.

좋아하는 것이든
사랑하는 것이든
잊지 말아야 하는 것은,
애쓰는 마음이 강해질수록
그것은 집착으로 변질된다는 것.

그 변질된 마음 때문에
나와 내 시간을 잡아먹게 된다는 것.

좋아하는 것에 머물러야 하는 것도 있었다.
밤하늘의 별을 동경하듯 바라만 봐야 하는 것도 있었다.

04

인생의 가치는
포기하지 않고
나아갈 때 깊어진다.

가끔은
마음에 지지 않고
가야 하는 날도 있다

어차피 가야 할 길이라면
포기할 생각이 없다면
너무 멀리 보지 말고
우선은 앞만 보자.

결국 도착하게 될 거라는 마음으로.

그럼에도 너무 힘들다고 생각될 때는
먼 길을 갈 때의 걸음걸이를 생각해.

나는 멀리 걷거나 높은 산을 오르는 날은
멀리 보지 않고 땅을 보며 길을 걷곤 하거든.

언젠가부터 '너무 멀리 보며 살지는 말자' 각오했고
길 위에서도 그랬다. 어쩌면 나쁜 방법일지는 몰라도
그렇게 걸으면 먼 길도, 험한 길도 조금은 수월하게 느껴졌어.

한 걸음, 한 걸음 호흡을 가다듬고 가다 보면
힘들고 낯설어도 결국 도착하게 되더라고.

그랬다.

가끔은 마음에 지지 않고

나아가야 하는 날이 있었다.

그날이 아무리 반복돼도.

끝을 봐야 하는 날이 있었다.

05

사람은 달라질 수 없어도
오늘은 달라질 수 있다.

꽤 삐딱하게 바라본 많은 것들 중에 하나.
"사람은 절대 달라지지 않아."

어쩌면 맞는 말이다.
다만 사람이 달라지지 않아도
오늘은 달라질 수 있다 믿는다.
달라져야 하는 관점의 차이일 뿐.
오늘을 달리하는 것이 먼저일지도.

사람은 절대
달라지지 않지만

앞서가는 마음도
뒤처지는 마음도
모두 내가 품어야 하는 나.

계절의 길이가 모두 다르고,
꽃이 피는 시기가 모두 다르듯
사람도 저마다의 속도가 다르다.

자신만의 속도를 지켜나가다 보면
언젠가 반드시 피어날 거라 믿는 이유다.

자신만의
인생 속도가 있다

용기는 특별한 나를 발견하는 것이지만,
정작 용기는 평범한 일상에 있었고,
기적은 발견하는 자의 몫이었다.

용기
숨은그림찾기

매 순간을 진심으로 대하고
타인의 틀 안에 갇히지 않으며
비굴하거나 자만하지 말고
격이 다른 나를 만들어야 한다.

격이 다른
인생을 살려면

변화는 점이 되고,
행동은 선이 되어
시간을 이어준다.

결국 시간으로
증명하면 된다

넓어지되 얕아지지 말고
깊어지되 작아지지 말자.

사람에게 주어진 삶의 반경이 정해져 있다 해도
무엇을 담고 어떻게 키우느냐에 따라
삶의 크기는 충분히 달라질 수 있다.

하지만 정작 삶에서 중요한 것은 크기가 아니라
그것을 채우는 마음이었고, 시간이었고, 사람이었다.

삶의 품격을
결정하는 것

月

9월의 우리는,

이겨내면 좋겠다.

당당하면 좋겠다.

활기차면 좋겠다.

반짝이면 좋겠다.

성공하면 좋겠다.

삶의 내공이란,

단단하되 온화하고

온화하되 강인하게

자신의 가치를 스스로 드러내는 힘.

해냈던 사람은
또 할 수 있다

최선은 실패라도 기회를 만들지만
노력 없는 성공은 행운이라도 불행일 뿐.

행운이 행복이
될 수 없는 이유

노력에 비해 뜻밖의 행운을 바라는 일이 많았고,
그런 날이 많아지면 실망하는 날도 늘었다.

'토끼와 거북이' 우화 속 토끼처럼 살고 있었는지도 모른다.
그것을 지혜라고 여기며, 허세로만 가득한 삶을 살고 있었는
지도 모른다. 정확히 언제인지는 모르겠으나 아주 조금씩 생
각이 달라졌다. 노력 없는 성공의 행운을 바라는 나보다는 실
패라도 최선을 다하는 나이기를 바랐다.

능력이 없다 여겨질수록 자책하는 날도 많았지만 그냥 막무
가내로 인정하게 되는 날이 생겼다. 하루, 이틀 하루하루 시
간이 쌓이자 모래성처럼 아슬아슬하게 쌓여 있던 삶의 많은
부분들이 무너졌다. 40년 넘게 쌓아올렸다고 생각했던 많은
것들이 와르르 무너졌다. 사실 크게 쌓아올린 것도 없었지만
벌거벗은 나 자신과 만나게 되는 일은 생각보다 유쾌하지 않
았다.

잔인한 거울 치료였다. 하지만 모든 것이 사라지자 점점 마
음은 편해졌다. 그 순간 인정한다는 의미를 제대로 배웠다.
그리고 그 인정 위로 새로운 길과 새롭게 변한 내가 보였다.

깃털이 모두 바람에 날아가 날 수 없는 새와 같은 심정이었지만 그렇게 다시 뒤뚱거리고서라도 다시 시작하는 법을 배웠다.

행운은 간절해도 배울 수 없는 것이었지만
최선은 간절하면 배울 수 있는 것이었다.

그렇게 삶은 기억에 최선의 기억을 담았다. 삶은 반드시 이 순간을 기억해 줄 거라 믿는다. 너무도 부족해서 하찮은 노력에 불과하더라도 포기하지 않고 매 순간 최선을 다하는 시간의 의미를 빼곡하게 기록하고 있을 거라 믿는다.

잊지 말자. 삶은 최선의 기억을 잊지 않는다.
그리고 결국 그 기억이 우리를 살게 한다.

10대에는 용감해야 하고,
20대에는 몰입해야 하며,
30대에는 선택해야 하고,
40대에는 쌓아가야 하며,
50대에는 발견해야 하고,
60대에는 인정해야 한다.

나이에게
배운 것이 있다면

겁이 날 때는 더 강해져야 하고
외로울 때는 더 혼자가 되어야 하고
지키고 싶을 때는 더 버려야 한다.

겁쟁이
일기

꼭 피하고 싶지만
꼭 가야 하는 길이 있다.

두려움을 이겨내고 그 길을 지날 수 있을 때
나는 어제와 다른 내가 될 수 있다.

하지만 삶이 늘 그렇듯 의심하게도 된다.
꼭 달라져야 하나 싶은 날도 있는 것이다.
용기가 없으면 없는 대로 살면 안되나 싶기도 하다.

하지만 삶은 자주 용기를 주문하고 종용한다.

이제 겁이 나는 순간 온 힘을 다해
그 순간을 이겨내기로 마음먹었다.

힘줄이 터져나가더라도,
입술을 꽉 깨물어 피가 낭자해도
심장이 터져버릴 듯 숨이 차올라도
이겨내고야 말겠다 마음먹었다.

인생이란
행동으로 증명하는 만큼
기회가 열린다.

인생
총량의 법칙

오늘을 제대로 쓴다는 건,
잘못된 인연에 급급하지 않고,
잘못된 습관에 연연하지 않고,
잘못된 일상에 갇히지 않는 것.

중요한 건
바로잡을 용기

노력 없이 잘 될 수 없고
변화 없이 잘 살 수 없고
용기 없이 잘 할 수 없다.

인생에서 없어서는
안 될 세 가지

돌아보되 머물지 않고
머무르되 주저하지 않는다.

길이 보이지 않는
날일수록

머리가 복잡하고 사람이 겁이 나고
하루가, 사랑이, 꿈의 설정값이 버거울 때
계절은 오히려 찬란했고 시간은 빠르게 흘러갔다.

그럼에도 그러므로
위로가 되는 것들은
결국 삶이었다.
사람이었다.

삶이
위로였다

흔들리지 않으면 이기고
무너지지 않으면 해낸다.

결국

언제나 어제보다 나은 오늘을 살고자 하지만
정말 쉽지 않은, 아니 어쩌면 기적 같은 일일지도.

글을 쓰는 일도 그랬다. 점점 글이 잘 써지는 날보다 그렇지
않은 날이 많았다. 하지만 잘 풀리지 않던 문장도 "결국"이라
는 멋진 부사를 만나면 조금은 숨구멍이 생기는 것도 같았다.

인생도 그런 것 아니겠는가.

오늘의 무수한 노력과 인내가
결국 나와 당신을 이기게 하고, 해내게 할 거라 믿는다.
결국 어제와 다른 오늘을 만나게 될 거라 믿는다.

결국 우리는 할 수 있다.
결국 말이다.

10
月

10월의 나는,

좋은 사람들과 함께하면 좋겠다.

매일매일 새로워지면 좋겠다.

어제보다 건강하면 좋겠다.

정성스럽게 나아가면 좋겠다.

01

삶이 꼬여갈수록
멀리 보고, 자신을 낮추며,
선한 마음으로 살자.

그 선한 마음은
결국
선물로 돌아온다.

선한 마음도
실력이다

사람의 시각은 편협해서 보고 싶은 것만 보는 때가 많았고 내 경우는 그 편협의 각도가 더 좁고 각이 졌다. 자신의 편협함을 인정하면서도 그 편협함을 상황이나 타인에게 미루게 되는 날이 많았다.

애착하는 십자가 목걸이가 있다. 답답함을 잘 느껴 원래 목걸이를 잘하지 못하는 나였지만 이상할 정도로 그 목걸이는 편하게 할 수 있었다.

바쁜 아침이었고, 습관처럼 목걸이를 집어 들었는데 다른 날과 다르게 다른 목걸이가 함께 꼬여 들어갔다. 마음이 다급해 꼬임을 풀려고 하면 할수록 이상하게 더 꼬여 들어갔다. 시간 약속은 다가오고 등줄기에 식은땀이 날 정도였다. 신경질적이 되었고, 그럴수록 꼬임은 잘 풀리지 않았다. 그렇게 몇 분을 허비하고 간신히 집을 나섰다. 매번 지나가는 길이 한참 막혀 있었다. 온갖 악재가 가득한 하루의 시작 같았다. 막힘의 원인은 차량들의 몇 중 추돌 사고였다. 꽤 끔직한 사고였다. 문득 이런 생각이 들었다.

'만약 몇 분만 일찍 출발했어도…'

내게 닥칠 수 있었던 사고였다. 그렇게 사고 현장을 빠져나오면서 많은 생각들이 스쳐지나갔다. 억측에 가까운 지극히 개인주의적 생각이라는 것을 인정하지만 아침의 묘한 꼬임의 시간을 다르게 바라볼 수 있게 됐다. 물론 타인의 아픔을 이런 억측으로 이어가는 내가 이기적이라는 생각이 들기도 했지만 그 순간의 깨달음이 정말 강렬했다. 그 결론이 단순한 억측이래도 삶을 달리 보기에 충분한 이유가 됐다. 물론 선하게 살았기에 선물을 받았다고 생각하지는 않는다. 다만 어떤 상황에 닥치든 삶을 유연하고 선하게 바라봐야 하는 이유가 한 가지 더 늘었다고 말하는 것이다.

삶을, 사람을 선하게 바라보지 않아야 하는 이유는 없다. 물론 그 선의의 대가가 꼭 선하게 되돌아오지 않는다는 것을 너무도 잘 알고 있다. 하지만 선택하며 살아야 한다면 이제는 더더욱 선한 마음으로, 바르게 선택하며 살고 싶어졌다.

선한 마음으로 사는 것은 실력이며,
삶에 감사하며 바르게 사는 것은 능력이다.

02

행복의 진정한 가치는
제대로 비웠을 때
존재한다.

행복의
맛

사실 행복이 삶에서 절대적으로 필요한 것은 아니다. 그저 그런 하루, 보통날의 하루가 소소하게 흘러가는 것에 이제는 더 마음이 간다. 중독성 강한 마라 맛과 같은 강력한 행복감이 필요한 날도 있지만 대게는 밋밋하게 입 안을 채우는 은은한 두부 맛을 즐기게 되는 날이 많았다.

언제나 행복은 뒤끝이 강렬해서, 행복감이 극대화 되면 될수록 그 뒷맛이 별로였다. 내게는 여행이 그랬고, 사람과의 만남이 그랬고, 무언가를 시작하며 익숙해지는 과정이 그랬다. 아무리 이국적인 공간이라 해도 결국 집으로 돌아와야 했고, 아무리 좋은 사람을 만나도 결국은 실망하게 되었으며, 신선함을 느끼기 위해 시작한 많은 것이 금세 시들해졌다. 무엇이 문제일까? 처음에는 당연히 내게서 문제를 찾았다. 물론 내게 문제가 있었겠지만 딱 집어 문제점을 찾지 못할 때가 더 많았다.

코로나 이후에 처음으로 스페인 여행을 다녀왔다. 오래간만에 해방감과 야릇한 이국의 향기. 잠시 여행에 취해 시간을 즐기면 즐길수록 돌아간 후에 일상의 걱정도 늘게 됐다. 돌아오는 발걸음이 무거워질수록 이런 생각이 들었다.

'삶의 기적은 일상에 있구나.
굳이 멀리 와서 찾을 필요는 없는 거였어.
행복도 비슷해.'

매번 발견하게 되지만
삶을 사랑한다는 것은,
오늘의 나를 존중하고
일상에 정성을 다하면 되는 것이었다.

삶의 기적이란 일상 안에 있었다. 발견하고 사랑하고 정성을
다하는 것. 오래간만에 떠난 여행에서 배운 것이 있다면 그럼
에도 불구하고 삶은 일상을 사랑해야 그 무엇이든 가능하다
는 것.

아이러니하게도 일상에서 조금 멀리 떨어지자 보이는 것들
이었다. 여행이란 번지점프와 같다. 잠시 일탈을 맛보며 온갖
감정의 스릴을 느낄 수는 있지만 결국 시작했던 제자리로 돌
아가야 한다. 행복도 그렇다. 행복의 방점이 어디에 찍혀 있
든 작은 것에서 행복을 발견하지 못한다면 우리는 절대 행복
해질 수 없다.

행복의 맛은, 행복의 가치는 발견하는 사람의 것이었지만 그 맛은 결국 비워낼 때 맛볼 수 있는 거였다.

삶도 그랬다. 자극 없는 보통의 날들을 사랑할 수 있어야 비로소 삶을, 삶 안의 나를 사랑할 수 있었다.

어제, 결국은 놓아야 하는 시간.
오늘, 비로소 나다워져야 하는 시간.
내일, 다시 태어나서 더 아름다워질 시간.

어제, 오늘,
내일

당신이라면 어떻게 채울 수 있을까?

어제, ···

오늘, ···

내일, ···

어떤 문장들로 이 페이지를 채웠든지.

그 문장들을 빼곡하게 인생에 담아낼 수 있는

용기 있는 당신의 시간이기를.

사랑도 지나간다.
이별도 지나간다.
기쁨도 지나간다.
고통도 지나간다.

어쩌면 지나가지 못하는 것은,
내 마음뿐일지도 모른다.

지나감의
의미

"지나간다."

삶에서 점점 마음이 가는 문장이다.

분명 지나감을 알지만 마음이 요지부동일 때가 많았다. 마음이 보이지 않는 날에는 어둠 속에서 마음을 노래하는 안드레아보첼리의 음색을 들으면 마음의 길이 조금은 보이는 듯했다.

일 년 전 우연히 그의 책 '침묵의 음악'을 읽으며, 시각장애인이지만 빛나는 선율을 노래하는 그의 삶을 다시 알게 됐다. 어둠 속에서도 멋진 선율을 노래하는데, 멀쩡한 시선을 가진나는 정작 어둠 속에 있을 때가 많다는 생각을 종종 하게 되는 시간이었다. 글을 쓰면서부터 지금의 책에까지 '지나간다'는 말은, 내 글에 피곤할 정도로 자주 등장한다. 안드레아 보첼리 책 서문처럼 혹여 어느 운 나쁜 독자가 자주 등장하는 '지나간다'라는 글 앞에서 하품을 하지 않을까 걱정이 될 정도다.

그럼에도 늘 "지나간다"라는 의미에 집착하는 것은, 삶에서배운 최고의 의미이지 않을까 싶기 때문이다. 하지만 지난 계절과 다른 의미를 발견했다면 "지나간다"는 의미 안에는 자기합리화나 자기연민, 허세를 모두 버려야 한다는 것과 솔직한 자신의 모습을 인정해야 한다는 것이었다.

내가 시간에게 배운 것은,
모든 것이 지나간다는 것을 인정해야 한다는 것.

빛이 지나가면 어둠이 찾아오고
어둠이 지나면 빛이 찾아오듯

좋은 것도 모두 지나가고
나쁜 것도 모두 지나간다는 것.

지나간다는 것 하나를 인정하면
삶에서 인정하지 못할 것은 별로 없다.

감사함이 오늘을 살리고
도전함이 자신을 살리고
생존함이 인생을 살린다.

삶의 매 순간 잊지 말아야 한다.
그것만으로도 당신은 이미 영웅.

그것이
바로 당신

오늘을 살리지 못하면
내일도 살릴 수 없다.

변명은
나를 죽이는 비겁함

삶은 마음을,
버리는 만큼 채워지고,
비우는 만큼 가벼워진다.

단순하지만 최고의 마음 위로법은
버릴 수 있다면 버려야 하는 것.

인생
위로법

08

기쁨 안에 슬픔이 있고,
슬픔 안에 기쁨도 있다.

두 마음 중
어느 마음으로 시간을 물들이냐에 따라
삶은 늘 새로워지고 유연해질 수 있다.

두
마음

09

삶을 사랑하려면
달라진 태도를 뿌리고
지나간 마음을 지우고
새로운 마음을 쌓아야 한다.

삶을
사랑하는 태도

삶에서 시간만 흐르는 것이 아니다.
상처도 흐르고 기억도 흘러간다.
그렇게 다 지나가고 잊혀진다.

똑같은 속도로 지나가는 것 같지만
지나가는 것은 항상 다르다.

몇 번의 지나감의 반복과
더딤의 흘러감의 반복에서 배웠다.
지나간다는 것은 축복할 일이지
슬퍼할 일이 아니다.

지나간다는 것은
축복

11
月

11월에는,

생각보다 실천하기

걱정보다 행복하기

불안보다 계획하기

오해보다 이해하기

불평보다 감사하기

명연설가로 손꼽히는 지그 지글러(1926-2021)는 말했다.
"실패는 막다른 길이 아니라 우회로일 뿐이다."

무너지지 않으면
결국 해낸다

실패가 늘면 실패 안에서 발견하게 되는 것들도 많았다.
슬픈 말이지만 실패에는 항상 값이 붙었다.

그 아픈 값을 지불해야만 알게 되는 것들이 있었다.

그렇게 실패를 거듭하고
삶이 나를 의심하고, 내가 삶을 의심할 때면
막힌 길 위를 걷는 기분이 들었다.

무너지지만 말자는 마음으로
그 길 위를 걷고 또 걸었다.

새롭게 발견한 사실이 있다면,
막다른 길이라 여겼던 길은 막혀 있지 않았다.

길 끝이라 여겼던 곳에 도착해서야 알게 된 사실이지만,
아주 비좁고 돌아가는 길이었지만 새로운 길은 늘 존재했다.

그렇게 다시 새로운 길과 이어지고
다시 막다른 길을 만났다 생각하는 날이 오고

다시 버리고 비우며 좁은 길을 지나갈 수 있게 되고
다시 새로운 길을 만나는 여정의 연속이었다.

실패를 수없이 반복하며
나만의 오답 노트가 생기자
마음을 다해 행복하고 싶었다.
삶은 그럴 가치가 충분했다.

분명 삶은 호락호락하진 않아도
마음을 다해 행복하게 살아갈 가치가 있었다.

무너지는 깊이가 깊을수록
흔들리는 강도가 강할수록
새롭게 발견하게 되는 것들도 많았다.

이 글을 읽는 독자들에게 꼭 당부하고 싶다.
오늘의 실패를 경계하되 두려워하진 말자.

"무너지지 않으면 결국 해낼 수 있다."

외로움을 숨기지 마라.
외로움은 때로
나를 일으키는 용기이다.

굳이 외로움을
숨길 필요는 없다

슬픔의 일부가 되지 말고
기쁨의 전부가 될 때
스스로 지킬 수 있다.

슬픔에
삶을 걸지 마라

'즐겁다'라는 단어를
형용사가 아닌 동사로 만들 수 있다면
삶은 매일 달라질 수 있다.

느낌보다는
행동

어떤 말은 사람을 가치있게 만들지만,
어떤 말은 사람을 형편없게 만든다.

선택의
증명

지식보다 태도가 중요하고
태도보다 실천이 중요하며
실천보다 기본이 중요하다.

보다
중요한 것

삶에는 중심이 있어야 하고
사람에겐 기준이 있어야 한다.

인생을 달라지게
하는 선택

삶에는 철학이 필요하고
사람에게는 품격이 필요하고
사랑에는 기술이 필요하다.

삶, 사람,
사랑

가치 있게 감사하고
깊이 있게 감격하며
힘이 있게 감동하는
삶과 사람이 될 것!

감사, 감격,
감동의 힘

오늘을 지옥으로 만드는 건,
타인의 괴롭힘이나 상황이 아니라
나의 잘못된 시선과 비겁한 마음이다.

그러니

사랑받고 싶다면, 먼저 사랑하고
존경받고 싶다면, 먼저 존중하며
이해받고 싶다면, 먼저 이해하라.

인생
우선순위

12
月

당신의 12월은,

빼곡하게 행복하고

끊임없이 미소 짓는 시간이기를

한 권의 책을 가슴에 품으면 인생이 완성되고,
한 편의 시를 마음에 품으면 사람이 완성된다.

오늘
무엇을
품을 것인가

'꾸역꾸역'이라도 살면 된다.
'반짝반짝' 빛나지 않아도 된다.

그 누구의 시간도
아프지 않은 시간은 없다.
다만 용기 있는 이는 길을 찾을 뿐.

삶은
특별하지 않을 때
더 특별하다

03

출발이 있다면
도착도 있다.

끝은
존재한다

어떤 길 위에 서 있든,
출발이 있다면 도착도 있다는 걸
잊을 때가 많았다.

받아들이든
받아들이지 않든
모든 것에는
항상 시작과 끝이 있다.

사랑도 이별도
아픔도 기쁨도
행복도 절망도.

좋은 날이 아니었어도,
좋은 사람은 아니었어도
오늘을, 나쁜 기억 뒤로 숨기지 않도록
오늘에 다정한 인사를 건네야 한다.

시간이 지나 따스하게 꺼내볼 수 있도록.

기억은
시간을 닮는다

후회가 끊임없이 반복되고

다짐이 서슴없이 미뤄지며

감사가 이유없이 왜곡되고

포기가 거침없이 이어질 때

삶이 망가지고
버려진다

잘 사는 삶이란,
자신이 가진 에너지를
정확하게 집중해서 쓰는 삶.

선택과
집중

고치려면 뜻을 가져야 하고
버리려면 힘을 가져야 한다.

아직
늦지 않았다

점점 약한, 약해지는 삶의 고리를 발견한다.

그것이 내게 존재하는 약한 고리라는 것은 인정하면서도
변화하면서 사는 것에는 늘 소극적이고 취약했다.

뜨겁게 고치면서 살고 싶지만 언제나 주춤했고
차갑게 버리면서 살고 싶지만 언제나 멈칫했다.

하지만 결국 살아내야 하기에 선택을 해야 했다.
그리고 조금은 다르게, 혹은 점점 다르게.

겁이 나도 고치면서 살기로 했다.
두려워도 버리면서 살기로 했다.

건강하고 밝고 바르게.
더 이상 늦지 않게.

용감하면 흔들려도 잃지 않고
용서하면 괴로워도 웃게 된다.

용서는
나를 위한 위로다

새로워지고 싶다면 감사하고
쌓아가고 싶다면 행동하고
채워가고 싶다면 공부하라.

인생의
리셋 버튼

머물지 않으면 나아갈 수 있고
멈추지 않으면 완성할 수 있다.

매일매일
온전함의 이름으로

결코
실수에 머물지 않고
실패에 멈추지 않고

나아가고 싶다.
완성하고 싶다.

내 삶을 온전한 이름으로.

"할 수 있다!"

◈ 추천사

딸아이에게 추천사를 써달라는 말을 들었을 때, 막막한 마음
에 거절을 했습니다. 그럼에도 용기를 내어 몇 줄의 부족한
글을 보태는 것은 제 아이의 글을 읽어 주시는 분들께 감사
의 인사를 드리고 싶었기 때문입니다.

일흔이 넘어 지난 시간을 생각하니 저는 좋은 아버지는 아니
었습니다. 요즘 말로 아빠의 역할은 처음이었기에 딸의 마음
을 헤아려 주지 못할 때가 많았습니다.

아이의 마음을 처음 글로 읽었을 때 이런저런 이유로 마음이
참 안 좋았습니다. 그럼에도 크게 내색하지 않는 딸을 보며

고맙기도 했고, 대견스럽기도 했죠. 아빠로서 딸의 글이 책으로 나온다는 소식을 들을 때마다 걱정스런 마음에 기도를 하게 됩니다.

사람의 마음을 잘 이해하는 다정한 아이입니다. 따스한 아이입니다. 그 다정하고 따스한 마음이 글에 녹아들었다고 생각합니다. 모쪼록 그 다정한 마음이 독자 여러분께 닿기를 바라겠습니다. 감사합니다.

— 안 미카엘(서은 작가 아빠)

안녕하세요. 서은 작가 엄마입니다. 제 아이의 마음을 책으로 만날 때마다 안쓰럽기도 하고 대견스럽기도 합니다. 글에서 제 이야기를 읽을 때마다 부끄럽고 또 그렇게 생각해 주는 아이가 고맙기도 했죠. 아직도 저에게는 철없는 아이 같지만 글을 쓰면 쓸수록 조금씩 철이 들어가는 아이를 볼 때마다 매년 새로운 기분이 듭니다.

솔직히 딸은 제게 조금은 아픈 손가락입니다. 몇 년 전 겪은 아픔 이후에 많은 것을 포기하며 사는 아이를 보며 안쓰러운 마음이 들 때가 많죠. 그냥 다른 사람처럼 보통의 삶을 살았으면 좋았을 텐데 하는 아쉬운 마음이 들기도 하죠. 하지만 그럼에도 글로 자신의 상처를 치유하는 아이를 보며 저 역시 위안을 얻을 때가 많습니다.

이 글을 읽고 계신다면, 잠시나마 서은 작가가 만들어 둔 글 그늘 아래서 행복을 찾으셨으면 좋겠습니다. 그리고 정말 행복하셨으면 좋겠습니다. 인생은 너무 짧습니다. 아프기만 하기에는 너무 짧죠. 그러니 행복만 하셨으면 좋겠습니다. 힘내세요. 여러분. 감사합니다.

— 한 스텔라 (서은 작가 엄마)

시간 안에서 평안을 찾게 되기를!
귀한 마음으로 읽어 주셔서 감사합니다.

시간의 위로

1판 1쇄 인쇄 2024년 12월 24일
1판 1쇄 발행 2025년 1월 7일

지은이 서은
펴낸이 안종남

펴낸 곳 지식인하우스
출판등록 2011년 3월 31일 제 2011-000058호
전화 02-6082-1070
팩스 070-7966-0156
전자우편 jsinbook@naver.com
블로그 blog.naver.com/jsinbook
페이스북 facebook.com/jsinbook
인스타그램 @jsinbook_official

ISBN 979-11-90807-31-9 03810

무너지지 않으면

결국 해낸다